ヒーローズ（株《かぶしきがいしゃ》）!!!

北川恵海

——なーんの面白味もない人生やったなあ——

ゴトンゴトンと電車に揺られながら、頭の中で昨日聞いた祖父の言葉を反芻《はんすう》した。

「おじいちゃんが倒れたの」

母からの知らせを受けたのは一週間ほど前のことだった。

今すぐどうというわけではないけど……と電話口で母から言われ、さも難ありげに「ちょうど今仕事が忙しくてさあ」と言葉を濁した。

ここしばらく両親には連絡を取っていなかった。母が入院した祖父のために田舎に帰っていたことも電話で初めて知った。

その三日後、再び母から電話があった。祖父に何かあったのかと一瞬ドキリとした。

「おじいちゃんが修司《しゅうじ》は元気かって毎日尋ねてくるのよ。わしももう長くないなんて気弱になってるし、なんとか今週末くらいにこっちに来られない？　あんた昔おじいちゃんにはよく遊んでもらってたのよ」

そんな昔の話をされても反応に困るのだが、これ以上渋ると母の話が小言に変わりそうな気配を察して「わかった。都合つけてみるよ」と素直にこたえた。

「せめてもう一度だけでも顔を見せてあげてくれない？」

最後に母が言ったその言葉が俺の背中を押したことも間違いない。

せめてもう一度だけ——祖父の年齢を考えるとその意味は推し量るまでもない。

特に仕事が忙しかったわけではない。大学はすでに夏休みに入っているところも多く、学生バイトにシフトを代わってもらうことはさほど難しいことではなかった。

プシューッと車両の扉が開き、俺は大勢の人と共にホームへ吐き出された。


昨夜、台所の蛍光灯が切れた。祖父の見舞いから帰ってすぐに蛍光灯が切れるなんてなんとも縁起が悪い。気味の悪い音を立ててチカチカ点滅する蛍光灯を見つめ、そんなことを思った。

バイトも休みで暇を持て余していた俺は、夕刻になってからわざわざ電車に乗って都心の電器屋まで蛍光灯を買いに出た。家の近くのコンビニには置いていない。都会とは時に不便だ。

改札を出て、人通りの多い交差点に差し掛かったところで、対岸にあるヴィジョンから大きな音が流れた。そして、後ろから肩をドンとぶつけられた。

「いってえな……」

苛立《いらだ》った声のほうに目をやると、時代錯誤なほどツンツンに立てた金髪に、耳にはピアスをじゃらじゃらつけている男がこちらに睨《にら》みをきかせていた。耳のピアスと鼻のピアスを繋《つな》ぐようにチェーンをしているので、まさにじゃらじゃらと音をさせている。歩くと非常にやかましそうだ。

——そっちからぶつかってきたくせに、うるせえなあ。

心の中で毒づくも、表情には出さない。

ほとんど口の中だけで「スイマセン……」と呟《つぶや》くと、男は片側の頬を歪《ゆが》めて、これ見よがしに「チッ」と舌打ちをして通り過ぎた。

ヴィジョンに映った映像に気を取られ、人混みの中急に立ち止まった俺が悪いのかもしれない。

けれど他の人間は立ち止まっている俺を上手に避《よ》けて歩いていくのに。

遠くなる男の背中をぼんやり眺めながら、再び口の中で「メンドくせえな……」と呟いた。

面と向かって言わないのは無駄な争いをしないためだ。こんなところで喧嘩《けんか》を始めるなんて馬鹿のすることだ。俺は決してヘタレなわけではない。

「本日は『TORN&TONE（トーンアンドトーン）』原作者の東條隼《とうじょうはやと》先生に見

どころを尋ねてきました……」

再びヴィジョンに目を向けた。

四方を海に囲まれた小さな島に暮らす高校生らが、生まれ育った島を守るために正体不明の巨大勢力と戦うSF青春群像劇。

一年ほど前から若者の間で急激にヒットしたこの漫画は『トントン』と呼ばれ、アニメ化、書籍化、劇場版と、まさにトントン拍子の飛躍をみせている。

俺が小学生の頃、彼は漫画家としてデビューした。それから何年か経ち『トントン』の連載が始まった頃、彼はまだ貧乏漫画家で、俺はきっと彼より高給取りだった。

「すっかり置いてきぼりだな……」

ヴィジョンの中ではこちらの事情などお構いなしに、ぎこちなく笑う彼が宣伝を続けていた――

STEP1

修羅場を踏む

――俺はまた、あの交差点にいた。

「本日は『ＴＯＲＮ＆ＴＯＮＥ』原作者の……」

ヴィジョンには、あの日と同じ彼がぎこちない笑顔で『劇場版ＴＯＲＮ＆ＴＯＮＥ』の宣伝をしている。

それをぼうっと眺めていると、目の前をぴょんぴょん飛びの男の子が通過した。

夕暮れの小学生。二年生ぐらいに見えるが、友達と遊んで家に帰る途中なのだろうか。もうすぐ夏休みだとさぞかし浮かれているのだろう。

この辺ではあまり見かけない制服姿だ。私学に電車通学しているのかな。この年から電車通学とはご苦労なことだ。

横断歩道の白いところだけを踏んで歩く、ゲームとも運試しともとれる遊びを俺も昔はよくやった。

人混みでぴょんぴょん跳ねる彼の姿を、微笑《ほほえ》ましいと思うのかうっとうしいと思うのかは個人の自由だが、きっとさっきの金髪男ならうっとうしいと思うのだろう。

なんとなくランドセルの少年を目で追った。

少年はさっき俺に舌打ちをした金髪男のすぐ真横を、ぶつかるかぶつからないかギリギリで超えていった。

金髪男は少し首を動かして少年を見たようだ。後ろからでは男の表情は確認できなかった。だが少なくとも舌打ちをした気配はないように感じた。

少年は無事に白いところだけを踏みながら横断歩道を渡り終えた。

きっと今日は彼にとってラッキーな日なのだろう。

ラッキーな彼は誰にうとまれることもなく、無事に向こう岸へとたどり着き、アンラッキーな俺は横断歩道の手前で立ち止まったまま、チカチカ点滅し出した青信号を渡ろうと走り出す人に、今度は左肩をぶつけられた。

そのとき、キイイイイとけたたましい急ブレーキの音が響いた。

驚いて身を竦《すく》めたと同時に、ドカンと爆発音が、一瞬の地響きを引き連れコンクリートの道路にこだました。

人々の悲鳴が轟《とどろ》いた。混沌《こんとん》とした人混みの中、向こう岸の電柱に白い車が突き刺さっているのが見えた。ボンネットがへしゃげ、車の残骸があたりに飛び散っている。

車の奥に倒れているらしい人の足が見えた。

あたりが騒然とする中、俺はとっさに彼の姿を探した。

ランドセルの少年はついさっき横断歩道を渡り切った。

白いところだけを踏んで、ご機嫌で渡り切った。

しかし、集まる野次馬と信号が変わって走り出している車、大きな道路を挟んだこちら側からでは背の小さな彼の姿は確認できない。

人混みの中で驚いているのだろうか。

怖くなって家に帰っただろうか。

それとも……まさか、あの車の向こう側に……。

横断歩道に雪崩《なだれ》込むのではないかと思うほど後ろから押し寄せるこちら側の野次馬をかきわけ目をこらすと、車の傍《そば》に誰かの靴が転がっているのが見えた。

地面に赤黒い液体がじわじわと広がっているのも見えた。

「あちら側」では、誰かが誰かの名を呼び泣き叫んでいる。

「こちら側」では、誰もが興奮気味に「事故だよ」「マジで」と声を出しながら携帯を向け映像を撮ったり、一心不乱にそれを操作したりしている。ときおりカシャッとシャッターを切る音がする。

横断歩道を隔てた「あちら」と「こちら」は、まるで別世界のようだった。

あの少年が気になって仕方がない。しかしこちら側の俺には少年の安否を確認する術《すべ》がない。

再び信号が変わった。

俺は無意識にあちら側へと走った。人がどんどん向こう岸へと雪崩れ込んで、あっという間に野次馬の波は一回り大きく膨らんだ。

俺は野次馬を押しのけるように中へと入ろうとしたが、人が多くてどうにもならない。そのうち、後ろにも野次馬が押し寄せ、身動きが取れなくなってしまった。

野次馬の中心からはずっと同じ人たちの声がしていた。

「大丈夫だ！　もうすぐ救急車が来るから！」

そのうちの一人の声がひときわ大きく聞こえた。

後ろからサイレンの音が近づき、救急車が到着した。

「どいてください！　救急隊が通ります！　道をあけてください！」

ぎゅうぎゅう詰めの野次馬たちを押しのけるように救急隊員が輪の中央へと向かう。

「こちらで立ち止まらないで！　危険なので下がって！　はい、ここから出て！」

いつの間にか警察官も来ていた。

バラバラと野次馬が散り、その間をストレッチャーがガラガラと走り抜ける。

人波にできた隙間から一瞬、中央が見えた。

「もう大丈夫だからな！　こっち、早くして！」

涙声でそう叫んでいるのは、あの、金髪男だった。

彼は輪の真ん中にいた。ピアスをじゃらじゃら揺らして駆け回っていた。きっと誰かの出血を押さえていたのだろう、赤黒く染まったシャツを手に握りしめ、タンクトップ一枚の姿になり、必死に声を掛けつづけていた。

その姿に胸が詰まった。

ふと、車の陰に何か黒い塊が見えた。

——ランドセルだ。

とっさに前に出ようとすると誰かの足を踏み「いてーよ！」と怒鳴られた。

そこで、目が覚めた。

また、同じ夢を見た。

背中から頭まで、体は汗でぐっしょりと濡れていた。

この一週間毎日のように同じ夢を見る。もう夢の中でさえ「これは夢じゃないのか」と思うようになったのに、起きたときには決まって嫌な汗をかいている。

耳に届くのは窓を閉めていても聞こえるミンミンゼミの声。

時計を見ると七時ちょっと前だった。

寝る前にタイマーをセットしたエアコンはとっくに切れている。東向きの窓から高く昇った太陽の日差しが、古い畳を焼き付けるのではないかと思うほど強く差し込んでいた。暑いはずだ。

「クソ……」

何に対してなのかわからない独り言を口にした後、冷蔵庫から麦茶の入った2リットルのペットボトルを取り出しそのままごくごく飲んだ。

ああ、暑い。

このままシャワーを浴びて、その間にクーラーで部屋を冷やして、バイトに行く前に何か軽く食いたいけどパンも何にもない。

「メンドくせえな……」

カップラーメンでも作るか。しかしこの暑いのに肉そぼろ担々麺《たんたんめん》しかない。

そんなことを考えている間にも汗は滴り落ちる。

「あっちい……」

とにかくシャワーだな。このイヤな汗を流したい。

俺はクーラーの電源を入れた後、風呂場へ飛び込み、ほとんど水のシャワーを勢い良く頭から浴びた。

外へ出ると日に照らされたアスファルトはじりじりと熱を発していた。

さっきシャワーを浴びたばかりなのに、担々麺で温められた体内から瞬く間に汗が噴き出る。

バイト先のコンビニへは歩いて五分。近いという理由だけで選んだ職場は大正解だった。店長も店員もまったくやる気がないのだ。そのゆるさは俺にとって心地良いものだった。

自動ドアの前に立つと、もう何万回も聞いた軽快な音楽と共にドアが開いた。

今日もレジには客が一人もいない。元々それほど客の多い店ではなかったが、近くに競合店ができてからは、すっかりそちらに客を取られてしまった。

いつものようにレジ前を通ってバックヤードへ向かう。レジの時計を見ると勤務開始十分前だった。

「ちーっす。すぐ出るわ」

「あざーっす！」

俺が声を掛けると、先のバイトが嬉《うれ》しそうに返事をした。

俺はいつも五分〜十分ほど早く出勤する。それと交代に、先のバイトがバックヤードへ戻る。彼らはさっさと着替え、タイムカードを切れる時間まで椅子に座ってのんびりジュースを飲む。時間ぴったりにタイムカードを切り、颯爽《さっそう》と帰る。

学生のバイトが多いこの店は、タイムカードを押す時間ギリギリに飛び込み、時間を過ぎてからレジカウンターに入ってくる奴《やつ》も多い。中には「遅れそうだからタイムカード押しといて！　ジュースおごるから！」なんて連絡をしてくる強者《つわもの》もいる。次が来ないと帰れない中、たった五分十分でも早く来る俺は、他のバイトたちから大層好感を持たれている。

「みんな田中《たなか》さんと同じシフトの日は超喜んでますよ」

制服を羽織り、レジカウンターへ入るとバイトが嬉しそうに言った。

「拓《たく》と一緒の日とかはマジ最悪ですからね」

拓とは学生バイトの中でも飛び抜けた遅刻魔、近所の大学二年生、佐々木《ささき》拓のことだ。ちなみに今日の俺のパートナーは拓だ。

「今日、彼女とデートなんスよ。マジ田中さんでよかったあ」

夜勤明けで元気なこった。その若さと体力は素直に羨ましい。

聞いてもいない自慢話に「俺はどうせ彼女いねえよ」と心の中で毒づいた後、少し笑顔《えがお》を作った。

「よかったな。じゃあ早く上がれよ」

先のバイトがレジカウンターを出て行ってからしばらくして拓が滑り込んできた。

「あっ！　すんませーん！　すぐ、すぐ出るんでー」

いつものことだ。俺は溜息《ためいき》をついた。


拓はバックヤードに滑り込んでからゆうに十分は経った後、ようやくレジカウンターに姿を見せた。

これもいつものことだ。

「やばい、ギリセーフ」

「いやアウトだろ」

「えー修司さんつめてー」

バイトメンバーの中で、唯一拓だけが俺のことを「修司さん」と名前で呼ぶ。

この人当たりの良さは時に羨ましくもなるが、かと言って真似《まね》しようという気はさらさらならない。

「タイムカード的にはセーフでしたよお」

「俺的にはアウトだよ。時計見てみろ」

「たった十分じゃないっすかあー。ほんと、修司さんって真面目《まじめ》なんだから」

お前が飛び抜けて不真面目なんだよ、という言葉はすんでのところで飲み込んでおいた。嫌われたくない気持ちが喉にブレーキをかける。これもいつものことだ。

こんなどうしようもないヤツにすら嫌われたくないと思ってしまう自分が情けないが仕方ない。

それにコイツには先日急にシフトを代わってもらった借りもある。

＊＊＊

「せめてもう一度だけでも顔を見せてあげてくれない？」

母から催促の電話を受けた翌々日、俺は大きめの鞄《かばん》にとりあえず二、三泊はできるくらいの着替えをつめ、飛行機に乗った。

拓は急なシフト変更を快く受け入れてくれた。

「マジ金なかったんで、逆に助かりますよお」と言った彼の笑顔に俺はいくらか救われた気持ちになった。拓が遅刻魔でも嫌われない理由はこういうところにあるのかもしれない。

飛行機を降りてから、電車に乗り、さらにそれを乗り継いでようやく祖父の入院する病院のある最寄り駅に着く。

長い道中、祖父のことを思い出してみた。

祖父は昔から俺のことを可愛《かわい》がってくれていた。おぼろげな記憶だが、いつも笑顔を絶やさない人だったような気がする。

最後に祖父とゆっくり会ったのは、俺が物心つくかつかないかの頃だっただろうか。それとも小学校の低学年の頃だったろうか。

そもそも田舎が遠いので、どちらかというと移動に苦労のない父方の祖父母が優先されている節があって、遠い祖父母の家には小学校に入学してからはなかなか遊びに行く機会がなかった。

小学校も高学年になるとクラブ活動が始まり、習い事も塾もあり、遠い祖父母の家にはとうとう訪れることもなくなってしまった。

次に会ったのは祖母の葬式のときだったが、そのときはみんなバタバタしていて、俺は久しぶりに会った従兄《いとこ》たちと一緒に過ごした為、そのときの祖父の様子は記憶に強く残っていない。

当時すでに中学生になっていた俺は、普段接点のない祖父と〝祖母の葬式〟という特殊な空間の中、どう接していいのかわからなかったのかもしれない。

最寄り駅の改札を出ると驚くほど田舎の風景が広がっていた。木と舗装が中途半端に広がっていたという言葉がてんで場違いなほど何もなかった。木と舗装が中途半端な道と山……いや、森か。

周囲にバス停はひとつあるが、タクシー乗り場のような場所はない。病院の住所が記されたメモを片手に握りしめ、タクシーがいないか辺りを見渡すと、少し先にぽつんと小さな販売所があった。

そういえば、急な帰省だったため何も手土産《てみやげ》を用意できていない。

俺はふらりとその販売所に入った。

いかにも田舎のおばさんといった風貌の女性が「いらっしゃーい」と抑揚のない声を上げた。

焦げ茶色の木で建てられた小さな店内には、地域で採れたであろうさまざまな野菜やきのこや果物、手作りの餅などが並んでいた。

何か買おうと思ったが、はたして祖父は何なら食べられるのだろうか。九十歳に近い高齢であるうえに、入院中だ。

俺はしばらく店の中をうろうろと歩いた後、無難に真っ赤なリンゴが四つ並んだプラスチックの透明な箱を持ち上げ、おばさんに「これください」と渡した。

せめて籠か何かに入れてきれいに包装してくれれば見舞いの品っぽく見えるのだが、店の佇《たたず》まいからしてそういったサービスは期待できなさそうだ。

予想通りおばさんは無言のままガサガサと白いビニール袋を広げ、その中にリンゴをプラスチックの箱ごと無造作に入れた。

タクシーを呼びたいと言うと最寄りのタクシー会社の番号を教えてくれ、電話してからたっぷり二十分後、駅前にタクシーが到着した。


古めかしい建物の病院に足を踏み入れると消毒液のような独特な匂いがツンと鼻をついた。やっぱりこの場所は苦手だ。

今にも止まってしまいそうなゆっくりとした動きのエレベーターに乗り、三階で降りると305号室と書かれた部屋の名札を確認して顔を少し覗《のぞ》かせた。

真っ白い壁に囲まれた部屋には四つのベッドがあり、そのうち二つは空っぽだった。

一番奥の窓際で祖父はいくつかのチューブを体に繋がれて横になっていた。

母が俺に気づき、「修司！」と嬉しそうに声を上げた。

その声に祖父は薄く目をあけると「修司か……」とこちらに顔を向けた。そしてすぐ母に支えてもらいながらゆっくりと上半身を起こした。

やせ細ってしわしわの手の甲にささる点滴が痛々しかった。

俺が言葉を発するより先に祖父が「遠いところわざわざ来んでもよかったのに」と言った。

俺が少し笑顔を作って「久しぶりだね。具合はどう？」と杓子《しやくし》定規な挨拶をすると、祖父はしばらく俺を見つめた後、「すっかり大人になったもんだ……」と呟いた。

母が笑いながら「当たり前ですよ。もう二十六なのよ」と祖父の肩にカーディガンを掛けた。そして「ここは少し冷えすぎるのよね」とブツブツ文句を言った。

その後いくつか当たり障りのない会話をした。今年の天気の話や熱中症の話、それにご近所の人が飼っている犬の話などを、主に母がしていた。

ふと思い出したように、両手をパチンと叩《たた》き母が言った。

「そうそう、さっきメロンを頂いたのよ。おじいちゃん、切りましょうか」

「修司に切ってやればいい。わしはリンゴをもらおう」

「あら、そうね。修司リンゴ持ってきてくれたのね」

病室に入るなり母に無造作に渡した白いビニールの中から覗く真っ赤なリンゴに、祖父は気づいていたようだった。

ベッドの傍らには見舞い品であろう菓子折りや立派な果物籠がまるでオブジェのように飾られていた。俺はそれを横目に言い訳めいたことを口にした。

「何か手土産っぽいものにしようかと思ったんだけど、食事制限があるかもしれないと思って……」

母が立派な果物籠の横に置かれていた桐《きり》の箱からうやうやしくメロンを取り出し、切り分けてくれた。よく熟れたメロンは驚くほど甘かった。母は三回も祖父に「メロン食べない？」と尋ねたが、祖父は「メロンはよかろう」と言いながら俺が持って行ったリンゴをむしゃむしゃ食べていた。

しばらくして俺がチラリと腕時計に目をやると、祖父が「明日も早いんやなか？」と尋ねた。俺が「ああ、そうだね……」と曖昧な返事をすると祖父はゆっくりベッドに横たわった。そして母を見て言った。

「残りのメロンは修司に持って帰ってもらえ。わしは食わんけえ」

結局、桐の箱に入った高そうなメロンを祖父は一口も食べないまま、残りは俺の手土産になった。

「待って。いまバスの時刻表をもらってきてあげるわ」

腰を浮かそうとした母を俺は慌てて制した。

「いいよ。駅まではタクシーで帰るから」

「あら、昔はもったいないって乗らなかったのにね。少しは稼げるようになったのかしら」

母の冗談に今は素直に笑える気分ではなかった。俺は「はは」と乾いた笑いを作った後「それにしてもこのメロン旨かったな」と視線を逸《そ》らした。

帰ろうと鞄を手に取ったタイミングで、部屋に看護師さんが入ってきた。母は何やら保険の件を聞かれ、そのまま看護師さんと共に病室を後にした。

さてと俺は帰りの挨拶でもしておくか、と祖父に向き直ったときだった。

「なーんの面白味もない人生やったなあ」

あまりにも突然の言葉に聞き間違いかと思い「え？」と聞き返した。

しかし祖父はそれ以上そのことについて話そうとはしなかった。

「昔、一緒にセミ捕りに行ったんぞ。覚えとうか？」

「ああ……なんとなく……」

本当のことを言うとセミ捕りのことなどちっとも覚えていなかった。

祖父はちらりと俺に目をやると一時口を結んで、またゆっくり開いた。

「まだ……セミに触れるんか？」

「いやあ、もう今は無理かな」

「昔は素手で捕まえとったぞ。こーう、うまいこと羽を押さえてなあ」

祖父は点滴の管が繋がった右手を持ち上げて、お椀型にした手をそーっと動かしてから親指と中指で摑《つか》むしぐさを見せた。

その仕草を見てほんの少しだけ古い記憶が蘇《よみがえ》った。

――こーうして、こう。うまいこと捕まえるんぞ。ギュッとしたら羽が潰れてしまうぞ――

頭の中に、遠い、遠い、声が聞こえた。

結局二、三日分の着替えを用意したものの、一泊もせずに帰ることになった。泊まることを言い出す前に、母に「忙しいのにごめんね、ありがとう。明日も仕事でしょ？」と言われてしまったからだ。そういや今日は日曜だった。母がそう思うのも当然だ。

ちなみに、母が思っている会社には俺はもういない。

俺は「ああ、うん」と曖昧な返事をして、そのままとんぼ返りすることにした。

＊＊＊

久しぶりの朝番だったコンビニのバイトを終え、そのまま駅へと向かった。先日買った蛍光灯のワット数が違っていたのだ。仕方なくしばらく台所の蛍光灯がないまま生活していたが、狭い部屋の灯りが一つ減ると、ほの暗い部屋の中で気持ちまでが暗く沈んでしまう。

蛍光灯一つ買うために何度も電車に乗るなんて、まったく面倒臭い。

駅の改札を出て、またあの交差点に差し掛かった。

するとどこからかミーンミンミンと大きな鳴き声が聞こえた。

——こーうして、こうしてな……

お椀型をそーっと動かす、点滴の管が繋がった祖父のしわしわの手が脳裏に浮かんだ。

俺はなんとなくその声の出どころを探した。

じりじりと熱を放つアスファルトの上、無理矢理植樹されたように等間隔に並ぶ木々。このコンクリートの下に土が残っているようには到底思えないのに、どこから養分を補給しているのか不思議なほど青々と葉を茂らせている。

その生命力に溢《あふ》れる緑の中に探していた犯人はいた。

ミーンミンミンと必死で声を張り上げ叫んでいるのにその声を気に留める人は俺以外にはいないようだった。

〝七年間を土の中で過ごし、たった一週間の人生を謳歌《おうか》する〟と言われるセミの気持ちはどのようなものなのだろう。

感動に打ちひしがれているのか、またはそれほどでもないな、と達観しているのか、それとも早く土に還《かえ》りたいと願っているのか。

――なーんの面白味もない人生やったなあ――

九十年という途方もないほどの年月を経て、祖父は何を思ってそう口にしたのだろう。

俺は祖父の歳《とし》になる頃、病院のベッドの上で点滴に繋がれながら、一体どのようなことを思うのだろう。

信号が変わると同時に一気に人波が打ち寄せ、その波に乗り遅れた俺は「チッ」という舌打ちと共に後ろから肩をドンと押された。

今朝見た夢が脳裏をよぎり、驚いて振り向いたが、彼は金髪ではなく黒髪のサラリーマン風の男だった。

街頭の大きなヴィジョンからは「劇場版『TORN&TONE』のみどころは……」という声がしていた。

まるであの日の再現のようだ。

俺は打ち寄せる人波に流されないようにその場でふんばりながら、そのヴィジョンを見つめていた。

〝彼〟が月刊誌の小さなスペースに書いていた『貧乏エピソード』を思い出した。俺はあの小さなスペースに描かれるエピソードが大好きだった。

しかし、もはや売れっ子になってしまった彼の貧乏エピソードはもう二度と読めないのかもしれない。

最近では様々な宣伝活動があの小さなスペースに載るようになった。

あれほど願った彼の成功だ。

「結構なことじゃないか」

歩き出そうとすると信号はちょうど赤に変わるところだった。

俺はその場で立ち止まったまま、彼のぎこちない笑顔を見つめた。

今日もまた、聞き馴染《なじ》んだ音楽と共に自動ドアが開き、「チーッス！」と急《せ》いた声が俺の前を通過した。

やっと来たか。

いつも通り走り抜けて行った拓を横目で見送って、俺は溜息をついた。

五分後、拓は誰もが一度は目にしたことのある特徴的で派手な縞模様の制服を羽織り、大きな前ボタンを閉めながら出てきた。

「おい、もう五分過ぎてるぞ」

レジの〝担当者コード〟を拓のものに打ち変えながら俺が言うと、拓は悪びれる様子もなく「タイムカード的にはセーフでしたよ」とニヤニヤした笑みを浮かべながらカウンターの中に入ってきた。どうやらもう少し早く来ようなどという気は微塵《みじん》もないらしい。

「いいかげんにしとかないと店長に怒られるぞ」

「大丈夫っすよー。遅刻はしてねえし」

「思いっきりしてるじゃねえか」

俺の言葉など聞こえないフリをして、拓は両手を腰に当て、いかにもやる気のなさそうな顔で首を左右に曲げポキポキ鳴らした。

「コード変えといたから」

「ざーっす。てかべつに変えなくてもいいんすけどねえ。面倒くせえし」

「なんでだよ。ちゃんと変えろよ」

おまえのミスまで俺のせいになっちゃたまんないよ、という言葉はまた喉元で飲み込んだ。俺だってできることなら自分の名前をレシートに印字などしたくない。同じ系列のコンビニでも直営店では個人情報の問題などもあり基本は廃止しているのだが、やはりトラブルがあったときの責任追及のためには名前を入れるべきだ、というのがうちの店長の判断だ。フランチャイズは店長がルールブック。いちバイトがそれに意見などできるはずもない。

「修司さんってホント、マジメっすよねえ」

それは褒めているのか、それとも馬鹿にしているのか。最初の頃はいちいち気にしてイライラしていたが、最近ではそんなことで神経を擦り減らすのはまるで馬鹿らしいことだと思えるようになった。こいつは思ったことをそのまま口に出すだけで、決して悪気はないのだ。

「あ、そうそうバックヤードに土産おいてあるから食べろよ。この前持ってくるの忘れてってさ」

「そういやじいちゃん、どうだったんすか？」

拓は相変わらずやる気のなさそうな声で尋ねた。

「思ったより元気にしてたよ」

「そりゃあ、よかったっすねえ」

「シフト代わってくれて助かった」

「いやいや、逆にもっと代わってもいいくらいっすよ。俺、マジで金なくてえ」

情けない声を出した拓を尻目に俺は愛想なく言った。

「なんでそんなに金使うの？　実家暮らしだろ？」

「学生には学生の付き合いってのがあるんすよお」

「俺もそんなもんだったかな。昔すぎて忘れたわ。じゃあ、お先」

「チーッス」

俺はそそくさとバックヤードへ戻った。

両手を広げると壁にぶち当たる雑然とした空間で、私服の上に羽織っていただけの制服を、腕がぶつからないよう縮めながら脱いだ。それをハンガーに吊《つ》るし消臭スプレーをふりかけようとすると、スカッスカッとボトルから気の抜けた音がした。

「ついてないなあ」

仕方なく制服を鼻の先まで近づけてクンクン臭いをかぐ。夏場はすぐ汗臭くなってしまうのだが、まだなんとか大丈夫みたいだ。

モノでごった返した机の上に無理やり連絡ノートを広げ、丁寧に『消臭スプレー切れています。補充お願いします』と書いた。経費がかかるものをバイトが勝手に出すことは基本的にできない。これに店長はいつ気がつくか。拓なら迷いもせず、何も書かずに帰るだろう。ノートをパラパラ見返すと、見るからに几帳面《きちょうめん》な俺の文字が並んでいた。他には誰も使っていない連絡ノートを書く意味はあるのだろうか。

きっと拓なら、『見るかどうかわかんないのに、会ったとき直接言えばいいじゃないっすか』とか言うんだ。いや、それどころか勝手に新しい消臭スプレーを出してしまうかもしれない。

『別にこれくらい出せばいいじゃないっすか。修司さんってホント……』

勝手に拓のセリフを想像してしまい、それを振り払うべく頭をブルブル振るいながらノートを所定の位置に戻した。

バックヤードから出てそのまま弁当のコーナーに行き、カツ丼とコーラを手にレジへ向かった。拓が俺の夕飯のバーコードを読み込み、何も聞かずにそれを電子レンジへと放り込む。その間に俺はコーラを鞄にしまい、レジ横に置いてあるフリーペーパーへと手を伸ばした。

求人誌を読むのはもはや日課となっていた。これで何冊目かなんて覚えていない。

俺の夕飯をレジ袋に詰めた拓が声を掛けてきた。

「修司さん、そんなのよりも割のいいバイト興味ないっすか?」

「はあ?」

また変なこと言い出したな。俺は気にせず求人誌を開いた。

「俺、思うんすよねえ。この世の中真面目に働いても馬鹿見るだけじゃないっすか。うまいことやるヤツは、うまいこと稼ぐんすよ。だからね、俺も、何か割のいいことしようと思って」

「はあ」

俺は求人誌に視線を落としたまま適当に相槌《あいづち》をうった。

「俺の替わりに一発やってくれません?」

「はあ?」

視線を上げた俺に、「ここ、ここ。これ見てくださいよ」と、拓が俺の目の前にインターネットのページを印刷したようなA4サイズの紙きれをずいっと差し出した。

『君もヒーローになれる!』という大きな文字が目に飛び込んできた。

　それを見て俺はあからさまに溜息をついた。

「お前さあ……こんな見るからに怪しげなうたい文句の仕事誰がするんだよ」

「いやいや、一応知り合い働いてるんすよ。そんで、なんか今人手足りないらしいんすよ。でも俺、一応学生じゃないすかあ。一週間だけでもって言われたんすけど、サークルも忙しいしまとまった時間は取れないんすよねえ」

　拓は心外だというような表情で言った。

「サークルなんだっけ?」

「飲みサーです」

「……忙しいの?」

　俺の白けた声に拓はムキになって答えた。

「めちゃめちゃ忙しいっすよ! 夏はフェスも多いし、キャンプにバーベキューにコンパでしょ? それから毎年恒例の海合宿……」

「あーあーわかったよ」

　俺は拓の話を遮って「でも俺のシフトどうすんだよ」と尋ねた。

　拓はニヤッと笑った。

「修司さん今週三日しか入ってないでしょ？　俺が代わりに入りますし、他にも入りたいヤツいますし」

拓がそこまで言うってことは、向こうも相当困っているのだろう。

俺は少し考えてから「わかった」と頷《うなず》いた。

「とりあえず、この怪しげな仕事手伝えばいいんだな？」

仕方ない。拓には先日の借りもある。

「何の仕事だよ」

「それはまあ、行ってからのお楽しみっすよ」

拓は不敵な笑みを浮かべた。

「お前、内容知らねーだろ」

俺は早くも承諾したことを後悔し出した。

「大丈夫っすよ！　怪しいバイトではないんで。超健全な、なんか人助け？　的な仕事らしいって噂《うわさ》なんで、一応」

俺は拓の無責任な笑顔を睨んだ。

「……本当に大丈夫なんだろうな……。さすがに前科つくのはイヤだぞ」

「つかねーっすよ！　マジで！　俺のこと信じてくださいよお」

お前だから信用できないんだよ。

「怖い人とか出てこねーだろうなあ」

「みんな超優しいっすよー。マジで人類皆兄弟的なアレなんで……っしゃいませー。あっ、ばーちゃん！　久しぶりじゃないすかあ」

入店してきた、近所の大きな家に住む常連のおばあさんを見て、拓はこれ幸いと笑顔を向けた。俺はおばあさんに軽く会釈をしその場を離れた。

拓はこのおばあさんと仲が良い。むしろ、ほかのお客さんも拓だけには積極的に話しかける人が多い。

「ちょいとイギリスに住む娘夫婦に会いに行ってきたんだよ」

今日もおばあさんは弾んだ声で拓に話しかけた。

「えぇーなにそれセレブー。最近クソ暑いから家でぶっ倒れてんじゃないかと思いましたよお」

「まだ倒れる歳なもんかい。相変わらず口が減らないねえ」

おばあさんの楽しそうな笑い声を背中に、俺はコンビニを後にした。

家に帰るさなか携帯を開いた。

さっき拓から紹介された勤務先を調べてみようと、検索欄に『ヒーローズ（株）』と打ち込んでみる。まったくふざけた社名だ。

「あーあったあった。一応、ちゃんと存在はするんだな」

公式ホームページには確かにアルバイト募集の文字があり、職種欄にはただ一言『ヒーロー製作』とある。

「なんだこりゃ」

詳細をクリックすると、『ヒーロー製作の補佐をするだけの簡単なお仕事です』と。顧客向けには『ヒーローになりたい方お手伝いします』とだけある。

「ふざけてんのか……」

家に着き玄関のドアを開けると、蒸し風呂のようにむわっとした熱気が押し寄せてきた。

その熱気に眉をしかめながらエアコンをつけ、鞄からさっき買ったコーラを取り出す。すでに少しぬるくなったそれを一気に喉に流し込むと、床に腰を下ろし再び携帯の画面と向き合った。

検索画面を開き、さらに『ヒーロー　製作　仕事』と検索する。

いくつもの情報が画面にずらっと並んだ。

「着ぐるみ、コスプレ、ヒーローマスク……エキストラ募集……なるほど……」

要するに着ぐるみや子供向けの戦隊ヒーローなんかに関する、なにかしらの補佐的な仕事だろう。マスクを作ったりだとか、エキストラをしたりだとか……。時給も良いって言ってたし、着ぐるみを着させられたりするのかもな。

「このクソ暑いのに着ぐるみかよ……」

だからこそ人手が足りないのか。夏休みじゃイベントも多いだろうしな。

まあ、体力にはそこそこ自信があるし、拓に借りも返さなくちゃいけないし、いっちょやってみるか――

タイミング良く拓からメールが届いた。そこには明日向かう場所の地図が添付されていた。

当日は憎いくらいの快晴だった。

「ここが……事務所？」

雲一つない青空の下《もと》、カンカン照りの日差しに照らされ、俺は茫然《ぼうぜん》と立ち尽くした。

拓から送られてきた地図を頼りにここまで来たのだが、何かの間違いであってほしいと願うしかない光景が目の前に現れたのだ。

地図上の情報では、目の前にある灰色の、外壁のコンクリートには何本もの長いひびが入った、今にも崩れ落ちそうに古ぼけたビル、ここの最上階。七階に事務所があるはずだ。

「本当に大丈夫なんだろうな……」。

恐る恐る薄暗いビル内に足を踏み入れてみると、天井に吊るされた剝《む》き出しの電灯は切れかけてチカチカしており、一歩足を踏み入れるごとにふわふわと埃《ほこり》がまとわりついた。

入口からすぐ左手には階段があるだけで、その奥は突き当りだ。エレベーターのようなものは見当たらない。

「うわあ……」

仕方なく、錆《さ》びついてなんとも頼りのない手すりを頼りに、階段を一段一段ゆっくり踏みしめて上った。

五階まで上がった頃には汗だくになっていた。

「真夏に階段……。真夏の怪談……じゃなくて、階段……」

不安と暑さと疲れでわけのわからないことを口走りながら、なんとか重い足を持ち上げ続けた。スーツでこの階段は本当にキツイ。

「冷房もないのかよ……」

肩で息をしながらも必死に顔を上げ、ようやく最後の一段を踏みしめた。

しばらく膝に手をつき、乱れた呼吸を落ち着ける。汗はだらだらと流れ落ち、床にいくつかのシミを作った。

顔を上げると、コンクリートのビルには似つかわしくない、重厚な木目調の扉が目に飛び込んできた。とても立派な扉で、ここだけこの古ぼけたビルとは違う建物のような雰囲気を醸し出している。

扉には小さな看板がかかっていた。扉と同じ木目調のそこには、間違いなく『ヒーローズ（株）』とあった。

「ここだ……」

腕時計を見ると、時刻は十二時になる十分前。

「よし、完璧」

俺は大きく深呼吸して、さらに呼吸を落ち着けた。

じっとしていても、サウナのようなこの暑さで額から汗が噴き出てくる。

急いで鞄からハンドタオルを取り出すと、額を中心にしっかりと汗を拭った。
スーツの襟を正し、ネクタイを整え、もう一度腕時計に目をやる。
十二時、五分前。よし。もういいだろう。
一度大きく深呼吸すると、重厚なドアをコンコンコンと三回ノックした。
そのまま気をつけの姿勢でしばし待つ。
しかし、中から人が来る気配はない。
もう一度、コンコンコンと少し強めにノックをする。
少し扉に耳を傾けてみるが、やはり中から物音はしない。
俺は意を決して扉に手を掛けた。
グッと力を加えると、思っていたより重い扉がピクリと動いた。
「失礼致します」
お腹の底からはっきりと声を発しながら、更に扉に大きく力を掛けた。

扉はギイーーと軋《きし》みながら開いた。

中は薄暗く、ブラインドの隙間から漏れた太陽の光が何本もの直線になり差し込んでいた。

「田中修司くん？」

部屋の一番奥から声がした。

薄暗い部屋の大きな窓から背に光を浴びて威風堂々と立っている彼の姿は、後光が差しているように見えた。いや、正確には逆光になって顔は全く見えなかったのだが。

俺は少し緊張しながらそのずんぐりとした大きな黒いシルエットに向かって答えた。

「はい。佐々木拓さんから紹介を受けました、田中修司と申します」

「どうぞ、こちらへ」

彼が手を前に差し出したのがわかった。

少しずつ、目もこの部屋の薄暗さに慣れてきた。

「はい」と答え、一歩ずつ彼に近づく。

近づくにつれ、彼が想像していたよりも相当大きい体格をしているということがわかった。背はそこそこだが、とにかく横幅が大きい。シルエットだから大きく見えていた、というわけではないようだ。

彼の前にあるアンティーク調の立派な木目の机を隔てて、俺たちは向き合った。

「田中修司くん」

彼はもう一度、確認するように俺の名前を呼んだ。

俺は再びはっきりと、「はい」と答えた。

「どこにでもありそうな名前だね」

急になんだ。

思わず眉が動きそうになったが、そこは感情を抑え「よく言われます」と答えた。

彼はその答えに満足したのか、ニコリと笑った。

この頃になると目もすっかり慣れ、彼の表情もよく見えるようになっていた。

「どうぞ、かけてください」

俺は「はい」と一礼して、背筋を伸ばしたまま椅子に浅く腰かけた。

「田中修司くん……」

よほど俺の名前が気に入らないのだろうか。この部屋に入って恐らくまだ五分と経っていないが、彼は三度目の俺の名前を呼んだ。

「よくある名前は悪くないよ。特に今の君にとっては」

俺は戸惑いながらも「……はい」と答えた。

「変わった名前だと印象に残っちゃうじゃない？」

「そうですね……」

一体なんの話だろう。

「でも田中修司ならきっと誰の印象にも残らないよ」

「そう、ですね……」

全く意図することが読み取れない。

「顔も印象に残らなさそうだしね。いいよ」

「はい……」

俺は馬鹿にされているのだろうか。それともこれも一種の圧迫面接なのだろうか。

「仕事内容は聞きましたか？」

俺は正直に「いいえ、何も聞いていません」と答えた。

「そうなの？　どうして？」

彼は怪訝《けげん》そうな顔をした。

「尋ねはしたのですが……。詳しい内容は教えてもらえませんでした」

「それでよく来る気になったね。お金に困ってたの？」

ズバリ確信を突かれて俺は一瞬戸惑った。

「…………はい。正直にお答えします。できればお金を稼ぎたいと思っています」

「どうして？」

どうしてって……。金を稼ぎたいのに大層な理由なんてあるもんか。誰だって稼げるものなら稼ぎたいに決まっている。それとも、病気の兄弟のために……なんて殊勝な答えを期待しているのだろうか。

俺はしばらく考えた結果、開き直ることにした。

「……生きるためです。佐々木さんからお聞きになっているかもしれませんが、今私はコンビニでアルバイトをして生計を立てています。昼間は時給九五〇円。夜間は時給一一三〇円です。家賃や光熱費、その他の経費を払うと手元には雀《すずめ》の涙ほどの金額しか残りません。夏休みは特に学生のアルバイトが多くシフトに入りたがるため勤務日数が減ります。そこで佐々木さんにこの仕事を紹介してもらいました。ですので、どのような内容でもとにかくお金になるのなら、と本日こちらに伺った次第です」

半ばやけくそだった。もうどうにでもなれ、と思った。

しかし次の瞬間、彼は大きく口を開けて笑った。

「ははははは。なかなか面白いね。そうだよ。その通りだ。仕事とは対価を得るためにするものだ。なぜかみんなそのことを口に出したがらないけれど、それはとても正しいことなんだよ」

彼はひとしきり笑った後、大きく息を吸って呼吸を整えた。

「さて、田中修司くん」

「はい」

四回目だ。

「どのような内容でもすると言ったね」

俺はゴクリと唾を飲み込んだ。

「はい……」

発した声は微《かす》かにかすれていた。

「では、仕事は体で覚えてもらおう。おーい、道野辺《みちのべ》くん」

「はい、社長」

突然後ろから声が聞こえ、振り返ると、初老と言っても良いくらいの男性が音もなく立ち上がっていた。

頭髪はシルバーグレーのオールバック、上品なメガネを掛け、パリッとシックなスーツを着こなし、海外の映画俳優が醸し出すようなダンディーさを湛《たた》えていた。

その風貌を見て俺は少し安心した。彼は豪邸に仕える執事頭には見えても、ヤクザの手下にはとても見えなかった。

その執事頭は足音も立てずにスーッと俺の傍まで歩みよると、俺の目を見てうやうやしく一礼をした。

「道野辺と申します」

俺が挨拶を返そうと頭を下げると、再び彼の声がした。

「田中修司さん。さっそく、参りましょう」

俺が何も言えないまま頭を上げると、彼は優しい瞳でニッコリと微笑んだ。

その笑顔には人を安心させる不思議な力があった。

「はい。よろしくお願いします」

俺の口から自然とその言葉が流れ出た。

修羅――㈠「阿修羅」の略。―ば【―場】激しい戦闘や戦場の場面。
阿修羅――インドの鬼神の一。神々と闘争しているという。

「うあああああああ――――――――!!!!」
高級ホテルの最上階の部屋の前に立った途端、悲鳴のような叫び声が聞こえた。
一気に足がすくんだ。
『どのような内容でもすると言ったね』
社長の声が頭の中で蘇り、ザワッと両腕に鳥肌が立った。
意識的に呼吸を落ち着けると、背中をイヤな汗が二本、三本と筋になって伝った。
俺はそっと道野辺さんの顔色を窺《うかが》った。
彼は全く慌てるそぶりも見せず、すました顔で立っていた。
俺の視線に気づき、こちらを向くと先ほどと同じ笑顔でニッコリ微笑んだ。
「では、参りましょうか」
上品にそう言うやいなや、躊躇《ちゆうちよ》なく扉に手を掛けた。

「うおおおおおおお――――――！！！！！」

このホテルでは猛獣でも飼っているのか。獣のような叫び声が部屋中に轟いていた。

しかし高級ホテルの一室にいたのは、猛獣ではなく人間の男だった。

「うわああああああああ！！！！！」

面食らった。

発狂している人間というものを生まれて初めて目の当りにした。

「この頭が！　この頭が！　この頭が！　俺の固まりきったこの石頭があああ」

男は大きな枕を両手で振り上げボスンボスンと自分の頭に打ち付けていた。

絶句する俺の横で、道野辺さんが極めて冷静な声を出した。

「先生、ご気分はいかがでしょうか」

先生！　この人が！

一体何の先生なんだ、と思っていると、その『先生』は勢い良く枕を放り投げた。

そして三度「うわああああああ！！！」と雄たけびを上げると、机の上にあった紙の束をぐしゃっと摑んだ。

「あっ……」

止める間もなくほとんど白紙に見える紙が空中に舞い上がった。

天井からバサバサと舞い落ちる白い紙を俺はただ茫然と見つめるしかなかった。

「み、道野辺さん……！」

顔面蒼白《そうはく》な俺を見て、道野辺さんは落ち着き払った様子で「大丈夫」というように微笑みながら頷いた。


――三十分後、俺は床にへたり込み肩で息をしていた。

道野辺さんが「先生が頭をぶつけないようにしてください」と言うので、俺は「この石頭が！」と叫んで壁に頭をぶつけようとする『先生』と呼ばれる男を、後ろから羽交い絞めにして「落ち着いてください！」と叫びつづけた。

喉はカラカラ、手はまだ小刻みに震えている。

『先生』は俺と同じように、床に座り込み茫然としていた。

「東條先生、新しく入ったアルバイトの田中修司くんです。以後、お見知りおきを」

道野辺さんが何事もなかったかのように俺を先生に紹介した。

「た……なか……修司です……。よろしくお願いします……」

東條先生と呼ばれた人がゆっくりと顔を上げた。

「……よろしく」

真顔だった先生がニヤリと笑った。瞬間、その不気味さに再び両腕に鳥肌が走った。

そして、ハッとした。

さっき道野辺さんは何と言った？　この人を何と呼んだ？

東條先生………？

まさか………！

俺は目を見開いてバッと道野辺さんに振り返った。

道野辺さんは小首を傾《かし》げ「どうかなさいましたか？」と尋ねた。

「あの……東條先生って……。あの……まさか、あの………」

そう、俺の目の前にいるのはいつもあのヴィジョンに映っていた、のとは全く別人に見えるほどに変貌した『TORN&TONE』の原作者、漫画家の東條隼だった。

「東條先生……？」

これが……？

この、髪がぼさぼさで小汚い服を着て、不気味な微笑み方をするこの男が、あの東條隼………。

「はい。東條隼先生です」

道野辺さんは何事もなかったかのように、ニッコリと微笑んだ。


「驚かれたでしょう？　あれが東條先生なりのストレス発散法なのですよ」

帰り道、二人で並んで歩きながら道野辺さんが話をしてくれた。

驚いたなんてもんじゃないです――――俺はその言葉をなんとか飲み込んだ。

「途中でジャケットを脱いだのは正解でしたね。さすが、若いだけあって動作が素早かったですよ」

「必死だったので……」

街ゆく人に一度でいいからスーツのジャケットを着たままで暴れる人を羽交い絞めにしてみてほしい。一張羅が破れるかと思った。

「東條先生は、ネタに行き詰まるとああやってご自身を解放されるんです。その兆候をメールで教えてくださるので、私は先生がお怪我《けが》をされないように見守りに参ります。今日は修司くんがいてくれて非常に助かりました」

「道野辺さんも毎回ああやって先生を羽交い絞めにされてるんですか？」

俺は道野辺さんが着ている高そうなスーツを上から下まで眺めた。

「それが先生の凄《すご》いところで、相手を見て暴れ具合を調節されているのですよ。今日は若い人間がいたのでかなりハッスルされていましたけどね。私一人のときですと、頭を壁ではなくて枕にぶつけられます」

そういえば、部屋に入ったときは確かに頭をかきむしって枕にぶつけているだけだった。俺の姿を確認してから暴れ出したってことか。

「意外と冷静なんですね」

「先生は至って冷静ですよ。ただのストレス発散ですから。そうすることで頭がスッキリして新しいネタが浮かびやすくなるのだとか」

ただのストレス発散なら、なんでもいいからもっと別の方法を編み出してほしい。

俺は心の底からそう思った。

それにしても、この会社は今回の『トントン』実写化にも携わっているのだろうか。ボロい会社だと思ったが案外この業界では老舗《しにせ》なのかもしれない。

「あの……この会社はつまり、漫画とかヒーローものとかを扱っている会社……ということなのでしょうか」

俺の問いに道野辺さんは少し考えるそぶりを見せてから答えた。

「漫画に限らず、なんでも扱っておりますよ。わが社が扱う基準はただひとつ『人間である』ということのみです」

「人間……」

俺は意味を問うように道野辺さんに目をやった。

「はい。私が現在受け持っている依頼は『漫画家・東條隼』というヒーローの製作です」

「漫画家の……。それは、漫画のアドバイスをする、ということですか？」

道野辺さんはゆっくりと首を左右に振った。

「漫画の内容に関するアドバイスはプロの編集者が行います。そこは私の出る幕ではございません。私の業務はそれ以外のサポートで彼を『ヒーローにする』ということです」

「例えば……？」

「例えば、彼の髪を切ったり……」

「髪？」

「はい。うちにはとても腕の良い美容師がいるのですよ」

それが漫画とどう関係あるのかいまいちわからなかった。

「ヒーローズにですか？」

「はい。それはもう、様々な専門知識や技術を持ち合わせた人間が在籍しております」

「はあ……」

俺は首を捻《ひね》りながら相槌を打った。

「それから、今回のようにストレス発散を見守ったり……」

「はあ……」

「あとはまあ、企業秘密と言いますか、修司くんも少しずつわかってくることと存じます」

「そんなもんですかね……」

いまいち腑に落ちないままの俺に、道野辺さんはニッコリ微笑んだ。

「そのようなものです、仕事とは」

そのようなものなのか。

俺はよくわからないなりに、率直な意見を道野辺さんにぶつけてみることにした。

「なんだか不思議な感じですね」

「なにがでしょう？」

「実際、漫画を描いてヒーローを生み出しているのは東條先生のような気がします。でも、僕らの仕事もヒーロー製作なんですよね」

道野辺さんは微笑みを絶やさずに小さく頷いた。

「そうですね。もちろん、東條先生もたくさんのヒーローを生み出していますよ。先生が漫画でヒーローを生み出す。表に立って戦うのは東條先生というヒーローなのです。それを生み出すのが私たちの仕事です」

「なるほど……」

わかったような、わからないような。なんとも微妙な感覚だ。


駅前まで来ると、道野辺さんはピタリと足を止めた。

「今日のところはここで解散と致しましょう」

「えっ！　もうですか⁉」

「はい。お陰さまで先生のストレスも無事に発散されたことですし、修司くんも朝からさぞかし気疲れされたことでしょう。今日はゆっくりお休みください。明日のご予定は？」

「明日は……特に何も……」

「でしたらまた、同じ時間に出社なさってください。服装は自由で結構です。何卒《なにとぞ》、今後ともよろしくお願い申し上げます」

道野辺さんは丁寧に頭を下げた。

俺も慌てて頭を下げ返した。口からは自然と「こちらこそよろしくお願いします」という言葉が出ていた。

家に帰るとまだ夕刻だった。

帰り道に弁当屋で買った三九〇円ののり弁を小さなテーブルに置くと、すぐにスーツを脱ぎ、それをハンガーにかけて楽な部屋着に着替え、床に腰を下ろした。

「ヒーローズかあ……」

なんとも奇妙な会社だった。

とにかく今日は驚いたが、明日もまた東條先生のストレス発散に付き合うことになるのだろうか。服装は自由で良いと言っていたからきっとそうだろう。

「Tシャツでもいいのかな……いや、いくらなんでもそれじゃラフ過ぎるか」

〝服装は自由〟というのはなんとも不自由な言葉だ。

一般的な企業ではどれだけラフな恰好といってもTシャツにジーパンはご法度なはず。ヒーローズという会社では一体どれくらいの〝自由〟が許されるのだろう。

「道野辺さんに聞いてみようかな……」

俺は、帰り際に道野辺さんから手渡された名刺を、財布の中から引っ張り出した。

名刺には『道野辺』という名前と電話番号が載っていた。苗字しか載せないなんて珍しいな、と思いながらも携帯を手に取った。やはりこの会社は少し変わっているのかもしれない。

電話番号を途中まで押して、思い返し、それを消した。

「こんなこと質問したら常識ないヤツって思われるか……」

名刺をしばらく眺めた後、それをもう一度財布にしまった。


翌朝、メールの着信音でハッと目を覚ました。

「うわっ！　何時⁉」

寝坊したかと文字通り飛び起きたが、時刻はまだ八時前だった。

ほっと胸を撫《な》でおろし、昼出勤でいいってラクだな、などと思いながらメールを開けると道野辺さんからだった。

『本日は事務所へ寄らずに、昨日行ったホテルへ直行してください。正午にロビーで〝ミヤビ〟という男が待っております。彼と合流後、東條先生のお部屋へ伺ってください』

「ミヤビという男って……特徴とかないのかよ……」

俺は『了承致しました』と返信し、汗だくのまま風呂場へ飛び込んだ。

外へ出ると空は今にも雨が降りそうなほど曇っていた。直射日光がないぶん、いくらか暑さが和らいでいるかと思いきや、じめっと湿った熱い空気が体中にまとわりついて、なんとも気分の悪い暑さになっていた。

服装は悩んだ挙句、長い丈のパンツに半袖のシャツ、手には薄手のジャケットという、スーツと大差ないような恰好に落ち着いた。社長も道野辺さんもスーツだったし、いくら自由な服装とはいえ崩し過ぎないほうが良いだろう。

ホテルのロビーに着いたのは約束の時間の十分前だった。

とりあえず手に持っていたジャケットを羽織り、辺りを見渡しながら気をつけの姿勢で〝ミヤビ〟とやらを待つことにした。スーツ姿の男性が近づくたびに、この人か、この人か、と視線を送ったが、みな俺を追い越してランチビュッフェが有名な奥のレストランへと吸い込まれていった。

ホテルの壁時計はまさに正午を指そうとしていた。

「おかしいな」

もしかしたら何か連絡が来ているかもしれない。そう思い、携帯に目をやったときだった。

俯《うつむ》いている俺の視界に、真っ黒の革パンツを履いた足が止まった。ぴったり足に張り付くほど細身のパンツの先にはとんがった革のブーツ。

その足先がコンコンコンとリズム良く床を叩いている。

一体何だろうと顔を上げると、いかにもホスト風の、派手な茶髪の男が顔を近づけるようにして俺を凝視していた。

――なんで昼間からホストに絡まれなきゃいけないんだよ。

ツイてねえなあ、と心の中で愚痴を吐き、逃げ腰ながらも「あの、なにか……？」と小さい声で問いかけてみた。

すると、男はとたんにニヤッとした笑みを浮かべた。

「タナカシュージサンっスか？」

「へ？」

一瞬外国語を話されたかと思い、マヌケな声を出してしまった。

「田中、修司さんスよね？」

男はさっきよりもゆっくりと言いなおした。

どうして俺の名前を……

不審に思いながらも「はい」と小さく返事をすると、男はさらにニカッと笑った。

「オレ、ミヤビっス」

俺は意味がわからず、ピクリとも反応できなかった。

「あれえ？ っかしいなあ。道野辺さんから聞いてません？ オレのこと」

彼は茶髪の頭をポリポリと掻《か》いた。

そんな彼を眺め、たっぷり間を取って頭を回転させた後、俺はようやく声を発した。

「ミヤビ……さん？ ヒーローズ社の、方……？」

ミヤビとやらは突然、腰を折り曲げケラケラと笑い出した。

サイケデリックな模様のシャツの、ぱっくり開いた胸元に光る、シルバーの大きなドクロ型ネックレスもケラケラと笑うように揺れた。

「マジでー。超ウケるんスけどおー。ミヤビさんとかやめてくださいよおー。ミヤビでいいんでー。みんなそう呼ぶんでー」

俺はその光景を茫然と眺めたまま、なんとか「はい……」と呟いた。

「てか、なに系ッスかあ⁉」

ミヤビがケラケラ笑いながら俺に尋ねた。

「えっ？」

どういう意味だろう。

「専攻ってゆーかあー、得意分野ってゆーかあ」

「あ、ええと……大学では文系……一応中国語とかあと……」

「ま、立ち話も何なんでえ、とりあえずセンセーんとこ行きましょ。時間だし」

自分から聞いてきたくせに、俺の話を遮るように言うと、ミヤビはさっさと歩き出した。俺はその後を急いで追いかけた。

彼の胸元のドクロも機嫌良さそうに揺れていた。

「さっ、今日のセンセはどんなかなあ～」

そうだ、いつまでもミヤビに面食らっている場合ではない。

俺は急いでジャケットを脱ぐと臨戦態勢を整え、歌うように歩くミヤビに続いてエレベーターに乗り込んだ。


「本日の東條先生はいかがでしたか？」

事務所へ戻った俺を、道野辺さんが心配そうに出迎えてくれた。

「とても落ち着いていました。まるで昨日とは別人かと思うほど」

俺は道野辺さんに勧められるまま椅子に腰を下ろして答えた。

「それはそれは」

俺の回答に道野辺さんは満足そうに頷いた。

「問題は東條先生ではなくて……」

「はい？」

「どうして、ミヤビさんの風貌を教えてくれなかったんですか？」

道野辺さんは一度大きく目を見開いた後、またニッコリ笑顔を作った。

「彼の風貌をメールでお伝えしてしまうと、修司くんが混乱して来なくなってしまうのではと思いましてね」

「なるほど……」

確かに、茶髪に大きなドクロのネックレスをつけてメタリックな紫色のシャツを着て前ボタンを三つ開けた怪しい男です、と言われれば待ち合わせに行きたくなくなってしまったかもしれない。

この人、なかなかの策士だな。俺はこの笑顔には気をつけようと肝に命じた。

「それにしても、僕こんなに簡単な仕事で給料もらっていいんですかね？」

気を取り直して道野辺さんに尋ねると、彼はやっぱりニッコリ微笑んだ。

「簡単でしたか？」

「今日なんてホテルのおいしいコーヒーを飲んで、お菓子を食べながら先生と話をしていただけですよ。まあほとんど先生が話されていたのを聞いてたんですけど」

道野辺さんが淹《い》れてくれた、本日三杯目になるコーヒーをすりながらそう言うと、道野辺さんはニッコリ頷いた。

「それはそれは。結構なことではないですか」

「こんなので給料もらっていいのかなあ」

「楽しく働けて対価がいただけるなら、それは良いことです。なにも仕事の対価は辛《つら》いことだけに対して支払われるものではございませんから」

なるほどな。確かに辛いばかりが仕事ではないか。

俺が感心している様子を見て、道野辺さんは穏やかに続けた。

「話を聞くのも立派な仕事です。先生はたくさん話せてきっと気を休めることができたことでしょう」

そう言ってもらえると、少し心が軽くなった。バイトとはいえ、給料をもらうのなら少しは役に立ちたい。

「ところで、修司くんはいつまでこちらを手伝ってくださるのでしょうか？」

「一応、一週間だけと伺っているんですけど……」

「今週はミヤビくんも私も忙しいので大変助かります。何卒、よろしくお願い致します」

道野辺さんの深いお辞儀につられて、俺もまた深くお辞儀を返した。

それから毎日東條先生の下に通った。

先生が半狂乱になって叫んでいたのは初日だけだった。初日以降はおいしいコーヒーを飲みながら先生の話を聞いた。本当にラクな仕事だった。

俺の服装はとうとうTシャツに破れていないジーパンという、とてもラフな恰好にまで変化した。

ただし、今日だけは薄いジャケットを着て行った。

「あの、僕、今日で最後なんです」

俺の言葉に東條先生が少し驚いた顔を見せた。

「そうなのかい。辞めるの？」

「いいえ。最初から一週間だけのアルバイトで。どうやらミヤビくんが別の案件で忙しくなる間の先生のお相手役というか、ピンチヒッターだったみたいです。結局最後まで何のお役にも立てなくて」

「そんなことないよ。きみは僕のくだらない話をいつも真剣に聞いてくれた。ありがとう」

東條先生は口の片方だけを持ち上げるような、特徴的な微笑みを見せた。

「いいえ。先生の全ての話が僕には新鮮で、とても楽しかったです」

「たった一週間とはいえ、これで最後となると少し寂しい気もするね。また気が向いたら連絡してよ」

そう言うと東條先生は俺の前に一枚の名刺を差し出した。

「これ……いただいてもよろしいのですか？」

恐る恐る名刺を受け取り東條先生を見ると、彼は再び特徴的な笑みを浮かべた。

「もちろんさ。裏を見て」

そこには手書きのイラストが添えられていた。

「これ……！」

東條先生は少し照れ臭そうに言った。

「きみの似顔絵。田中修司くん」

「ありがとうございます……」

俺が感動して名刺を見つめていると、東條先生は再び照れ臭そうに笑った。

「特徴のない顔だから描くのが難しかったよ」

そう話す彼は、まるで初めて似顔絵を描いてみせた十歳の子供のような初々しい顔をしていた。

最終日の仕事が終わり、社長と道野辺さんに挨拶をして家に帰った。

帰ってすぐにもらった名刺を取り出し、ニヤニヤとそれを眺めた。

たった一週間のアルバイト――

変な会社での変な仕事。

嫌々始めたはずだったのに、胸の奥に微かな寂しさが込み上げてきた。

東條先生が描いてくれた似顔絵を見つめ、確かに特徴のない顔だなあと思うと、再び笑みが込み上げてきた。

なんとなくじっとしておれず、俺はバイト先のコンビニへ向かった。


聞きなれた音楽と共に自動ドアを通り抜けると、いっらっしゃーい……――と拓の気の抜けた声がした。

「修司さんじゃないっすかあ。どうしたんすか？」

「今日で紹介してもらったバイト終わったから、一応報告に」

「わざわざっすかあ。さすが修司さんっすねえ」

拓はニヤニヤしながら言った。

「思ってたより楽しかったからさ。ま、お礼もかねて」

「それはこっちのセリフっすよ。実はさっき働いてる知り合いからも連絡来たんすけど、マジ助かったって言ってましたよ」

その言葉は素直に嬉しいものだった。

「それならよかったよ。あんまり役に立たなかったから」

「そういや修司さんって、なんで前の仕事やめたんすか？」

突然の質問にドキッと胸が高鳴った。

「別に大した理由じゃないよ」

冷静を装いながらも、鼓動は速くなっていた。

「そうっすかー。修司さんが辞めるくらいだからよっぽどの理由なのかと思いましたよ」

「そうでもないよ……。俺そんなに根性あるほうじゃないからさ。ちょっと疲れただけ。悪いな、面白い話じゃなくて」

ひきつる頬を一生懸命に持ち上げながら、いま自分の顔がちゃんと笑えているのか不安で仕方がなかった。

「いやべつに面白さを求めてるわけじゃないっすよー。ま、バイト楽しんでくれたならよかったっす。紹介した甲斐《かい》がありました」

拓は屈託なく笑った。

「うん。じゃ、また明日からよろしく」

俺は頬を無理矢理引き上げたまま、足早にコンビニを後にした。

STEP2

超えるべき垣根

プルルルル……

「Thank you for calling HEROES company.How may I help you?」

「僕の計算では前年比134％というのはさほど不可能な数字ではなく……」

「By all means.We will definitely keep our promise.」

プルルルル……

「ダメです！　どうしても許可がおりないんです！」

「SHUT UP!!」

「明天下午五点開始。没事儿吧？」

プルルルル……

「だーからー！　それだと萌えの要素が足りないんですよねえ。読者の目線をもっと
意識して展開しないと……」

「どうして許可がおりないんだよ！　もう一度道交法調べて！」

「吵死了！」

ピーピーピーピーピーピーピー
「ちょ、アラーム止めない系ッスかあー」

「200度で十七分、それから190度に下げて……」

ピーピーピーピーピーピー

「ちょ、マジ、アラーム止めない系ッスかあー」

「いやでも、これ以上原価上げたらさすがに利益率やばいですよ」

ピーピーピーピーピーピー

「ちょ、マジ……」

「五月蝿《うるさ》――――――い!!」

いったい……ここはどこなのだろう。

だだっ広いオフィスの中、たくさんのパソコンとわけのわからない実験器具や機械のようなものに囲まれ、わけのわからないセリフとわけのわからない電子音が飛び交っている。

ピーピーピーピーピッ……

「――やあ、修司君！　待たせたね！」

威風堂々とすぐ傍の扉から現れた恰幅の良い男性は、何事もなかったように右手でアラームを止めてから言った俺が「あっいいえ」と曖昧な返事をすると、彼は部屋中に響き渡るように声を張った。

「おーい！　みんな、一旦すまん」

室内に軽く四十人ほどいそうなスタッフが、一斉に手を止めて俺たちの、いや正確にはその男性のほうを向いた。

「今日からここで働くことになった修司くんだ」

彼にうながされて、俺はおどおどしながら軽く頭を下げた。

「田中修司……です。よろしくお願いします」

時間がピタッと止まったように、室内に沈黙が流れた。

——三秒のち、再び電子音がした。

プルルルル…………

「HEROES, bonjour.」

それを合図のように、そこにいる全員が一斉に仕事を再開した。

「…Entendu. Je vous le passe.」

まるで俺の自己紹介などなかったかのようだ。

唖然《あぜん》としていると、俺の肩にズシッと重みがかかった。

「まあ、とりあえず八月中は試用期間ってことで。何でもいいからやってみて」

社長は俺の肩に手を掛けたままニッと笑うと、大きな手をポンポンと動かし、のしのしと部屋を後にした。

今日からここが俺の新しい職場になる。

――の、だろうか？

話は遡ること一週間前――

ヒーローズでの短期バイトを終えた俺は、いつも通りの生活を送っていた。

週に何度か派手な制服に袖を通し、レジに入る。

そしていつも通り、商品をスキャンし「ありがとうございました」と「いらっしゃいませ」を繰り返す。

なんの変哲もない毎日だった。

「あっ!」

レジ前で男の客がおにぎりを床に落とした。

なんともどん臭そうな、渋谷《しぶや》にでもいたら一発でカツアゲに遭いそうな男だ。

男はそのまま落としたおにぎりをレジカウンターに置いた。しかし、海苔《のり》のついていないタイプの鶏飯おにぎりは見るからにへしゃげていた。

俺は男に「少々お待ちください」と言うと、棚から新しい鶏飯おにぎりを持ってきてバーコードを通した。

それを見た男は少し慌てた様子で言った。

「僕が自分で落としたんでそのままで大丈夫ですよ」

「でも、へしゃげちゃってるし、美味《おい》しくないかもしれないですから」

俺は構わずレジを続け「八九〇円です」と男に伝えた。

男はまだ申し訳なさそうな顔をしていた。

「気にしなくて大丈夫ですよ。この店お客さん少ないんで、いつも商品余っちゃいますから」

男は「すいません……」と情けなさそうに呟いた。

かえって気を遣わせることになってしまったかな、と思ったそのとき、横から拓の声がした。

「修司さん、なにお客さんに絡んでんすかあ？」

何にでも首を突っ込んでくるヤツだなと呆《あき》れたが、少々助かりもした。

「絡んでないから」

俺は苦笑いで答えた。

「お客さん、何か変なこと言われたらいつでも俺にチクッてくださいねえ」

「だから、何もないよ。お前じゃないんだから」

「あーひでー。聞きました？　今のイジメっすよー」

男は俺たちのやり取りをみてクスッと笑うと「ありがとうございました」と軽く頭を下げて出て行った。

「拓のせいで笑われたじゃねーかよ」

拓は聞こえないふりをして「あざーっしたー」と男の背中に叫んだ。

確かに拓にはいいところもある。空気は読めるし、場を盛り上げたりもしてくれる。

しかし相変わらず遅刻を繰り返し、相変わらず俺のことを「真面目っすねぇ」と笑う。

それでも前ほどはその言葉に苛つきを覚えなくなった。心の声を外に出して「真面目で悪かったな」と笑えるようにもなった。

何もかも元通りだった。

しかし、たった一週間とはいえ、いつもとは違う経験を経て少し今の生活に物足りなさを感じていた。

その日の夜、バイトを終え携帯を確認すると一件の留守電が入っていた。

見覚えのない番号に何だろうと思いながら留守電を再生した。

――わたくし、ヒーローズ株式会社の名栢《なかや》と申します。田中修司さまにお伝えしたいことがございますので、後ほど改めてご連絡させていただきます――


ヒーローズという名前に胸が弾んだ。

なんだろう。もしかしたらまたアルバイトの依頼かもしれない。

俺は迷わず残された電話番号に折り返した。

時刻は六時を回っていたにも関わらず電話は繋がった。

電話に出た女性に、名栢さんから着信があった旨を伝えると、すぐに繋いでくれた。

名栢さんという人は少々事務的な口調でこう言った。

「単刀直入に伺いますが、田中さま、正社員として弊社で働く意思はおありですか？」

俺は迷いもせずに「はい。あります！」と返事をした。

ほんの一瞬の迷いも抱かなかったことに自分でも驚いたが、条件反射のように口から出た言葉だった。

名栢さんは「それでは……」と事務的に話を続けた。

「後日、面接と試験を受けていただきたく思います。少々急な日程で申し訳ありませんが、明後日《あさって》などご都合はいかがでしょう」

俺はまた何も考えずに「はい。大丈夫です」と答えた。

本当はバイトのシフトが入っていたのだが、すっかり拓に代わってもらう気になっていた。名栢さんは説明を続けた。

「では連絡事項を申し上げます。まず当日の服装ですが、普段着で結構です。自由な服装でお越しください」

また〝自由な服装〟だ。しかもミヤビの服装を見た後では〝自由〟の範囲が相当広がる。

「あともうひとつ。田中様に関しましては、弊社の短期バイトで『得たもの』がありましたら、どのようなものでも結構ですのでお持ちください」

「得たもの……ですか？」

「はい。どのような小さなものでも結構です」

「わかりました」

あの名刺も得たものに入るのだろうか、俺は返事をしながら頭の隅で考えていた。

「最後に、肝心の入社試験の場所ですが、後ほど地図を添付したメールをお送り致します」

「あ、場所でしたら先日も伺ったことがありますので大丈夫だと思います」

「先日田中様にお越しいただいたのは事務所のほうだと資料にはございますが……」

「そうです。すみません、違う場所で行うのですね」

「はい。入社試験は本社にて行います」

「承知しました」

「それでは、後ほどメールをご確認ください。なにか質問はございますか？」

こういうときは何かしら質問をしたほうが好印象だろうか。

休みや給料のことは聞けないし……。一瞬で様々な思惑が駆け巡った。

「ええと……あの、試験の合格率といったものは一体どの程度なのでしょうか……」

「前回の入社試験合格率は三パーセントです」

思いもよらない低い数字に思わず言葉を失った。

「……もしもし？」

「あ、はい！　すみません。三パーセント……ですか……」

「はい。他には何か？」

「いいえ、ありません。頑張ります！」

「それでは明後日、よろしくお願い致します」

「よろしくお願い致します……」

少しの間を置き、電話はガチャリと切れた。


その面接試験当日。

俺はベージュのパンツに半袖のシャツ、薄いジャケットという、バイト二日目に着たのと同じ服装で指定された場所を訪れた。

地図上で示された場所には、空にぐんと突き出たピカピカのビルが悠然とそびえ立っていた。

緊張しながらエントランスをくぐり、顔が映りそうなほどピカピカに磨き上げられた床を蹴り上げ、『面接会場はこちら』と矢印つきの看板を頼りに歩を進めた。

長い廊下を矢印通りに進むと、面接会場らしき場に到着した。

と同時に、絶句した。

一列にずらっと用意された椅子に、背筋をピンと伸ばし座っている全員が暗い色のスーツを着ていた。

「マジかよ……」

終わったな——こんな言葉が脳裏をよぎった。

とりあえず俺も一番端に腰かけた。しかし何とも居心地が悪い。一人だけ場違い感が漂っている。

不安になって隣で待つメガネを掛けたおとなしそうな青年に「あの……電話で普段着のまま来いって言われませんでした？」と尋ねるとその男性は俺のつま先から頭までを素早く一瞥して真面目な表情を崩さずに言った。

「今日は面接があるとのことでしたので念のためにスーツで来ました」

「でも……」と言いかけた俺の言葉を遮って彼は続けた。

「結婚式の二次会の案内に『平服でお越しください』とあっても破れたジーパンでは行かないでしょう。ＴＰＯの範疇《はんちゅう》です」

まるで、そんなことは常識だ、と言わんばかりの言い方だ。

そうなのか……？　だってわざわざ普段着で来いと言ったんだぞ。それでもやはり面接と名のつくものはスーツで行くことが常識なのか。

なんだか腑に落ちないけど、ここにいる全員が「スーツを着る」ことを選択したのだとしたら、きっと非常識なのは俺のほうなのだろう。だったら最初から迷わすようなことを言わないでほしい。それともこれも常識力をチェックする試験のうちなのだろうか。

不安な気持ちのまま口を噤《つぐ》んでいると、タイトなスーツをキリッと着こなしたロングヘアの美女が現れた。

「みなさま、大変お待たせ致しました。どうぞ、こちらへお入りください」

美女がきれいなお辞儀をすると、まるで軍隊のようにスーツ姿の彼らがザッと立ち上がった。

「あの……佐和野《さわの》さん……」

俺は胸元の名札を見て美女に話しかけた。

「はい。いかがなさいましたか、田中修司さま」

驚いたことにその美女は俺の名前を知っていた。

「あの……僕、こんな普段着で来てしまって……」

美女は俺の気持ちを察したのか、ニッコリと微笑んだ。その美しさにうっかり見惚《みほ》れそうになった。

「なんの心配もございません。さあ、田中さまもどうぞ中へ」

美女にうながされそこにいた全員が講堂のような長い机が並ぶ広い部屋に入った。

机の上にはズラッと並べられたプリント用紙。まるで大学入試の光景と同じだ。

美女が前に立ち、ごく簡単にマークシートの説明をした後、「では始めてください」

という声と共に受験者がバサッとプリントを裏返す音が講堂内に響いた。もちろん俺もみんなと同じように続いた。

そして、再び絶句した。

見たこともないような暗号みたいな数式。それに英語、中国語、フランス語、ドイツ語、スペイン語、そしてもはや何語かもわからない言語。合格率三パーセントの意味がようやくわかった気がした。

これは服装なんて気にしている場合ではない。それ以前の問題だ。

俺は小刻みに震え出した右手を押さえ、深呼吸をした。

とりあえず一番初めの設問から順番に、適当にマークシートを埋めていくしかない。ロトを当ててると思えばいい。もうそうするしかない。

終了のアラームが鳴るまで、俺は一心不乱にマークシートを埋め続けた。

「得たものは東條隼氏の名刺、以上でしょうか」

ずらりと並んだ面接官の内、真ん中に構えた男が冷静な声で尋ねた。

「いいえ」

俺は唾を飲み込みながらなんとか声を出していた。

「それではその他全てを提示してください」

「名刺の裏を御覧いただけますか」

彼は黙って名刺をひっくり返し、眉を上げた。

「私が得たものは、東條先生直筆の、私の似顔絵です」

「これは結構なものを取得されましたね」

彼は初めて微笑みを見せながら言った。

「ありがとうございます」

「どのようにしてこれを？」

「最終日に先生が名刺をくださいました。裏を見るように言われ、見るとこの絵が描かれていました」

彼は、ほーうと頷きながらしげしげとその絵を眺めた。

「東條先生はこの絵について何かおっしゃっていましたか？」

俺は一瞬迷った後、正直に答えた。

「はい。特徴のない顔なので描きにくかった、とおっしゃっていました」

そう言った後、彼が似顔絵を見て、俺の顔を見て、もう一度似顔絵を見て、小さな声で「……確かに」と呟いたことを、俺は聞き逃さなかった。

特徴のない顔で悪かったな、という声はもちろん心の中だけにとどめた。


そして現在――

俺はこの部屋の中で途方にくれている。

まさか、まさか、合格するとは。

三パーセントの中にこの俺が入るとは。

これが東條先生の名刺の力なんだろうか。


いったい、ここは何の会社なんだ。何をどうすればいいんだ。誰かに何かを聞こうにも、とにかくみんな忙しそうで話しかけることすらできない。空中をよくわからない言葉が飛び交い続けている。

「リンリン！　悪い、明日例のイベントなんだけど、通訳いける？」

「了解！　何時だ？」

「えっとねー、十五時半！」

「十五時半！　現地集合だぞ！」

「うん、現地集合でいいよ。俺、先に行ってるから。じゃあ、帰って用意するわ！　明日上海《しゃんはい》で！」

渋谷なんかをうろついたら一発でカツアゲに遭いそうな小柄でメガネの男は、デスクのカバンを掴むと小走りで出口のあるこちらに向かってきた。

「おっと、ごめん」扉の前に突っ立っていた俺とぶつかりそうになったが、見かけからは想像できないような華麗な身のこなしですするりとかわすと颯爽と立ち去った。

どこかで見たことあるような気がするけど、気のせいかな。

そんなことを思っていると、今度は確実に聞き覚えのある声がした。

「リンリン、明後日こっちもよろしくッスー！」

今日はなんだか幾何学模様のようなシャツを着ている。足元はやっぱりとんがったブーツ。ミヤビだ。長髪ホスト風の髪型もそのままに、『リンリン』とやらに声を掛けていた。

「イヤーだよ！　明日上海だ。しばらくあっちでゆっくりするんだー」

残念ながらフラれたらしい。それでもミヤビはしつこくリンリンに食いついた。

「ええーマジかよー！ いつ戻ってくるのー？」

「上海蟹《がに》に飽きたら戻ってくるよー」

「マジで頼むよー。俺も超ヤベーんだけどー」

ミヤビはなんとも悲痛な表情でリンリンに両手を合わせ拝んでいた。

ふと、ミヤビがこちらを見た。

「あーーー！！！」

急にミヤビに指さされ、俺はビクッと身を固めた。

「いたあーーー!! 語学系――――！！！」

思わず振り返ったが、俺の後ろにあったのは壁だけだった。

「修司さん、中国語しゃべれんスよね⁉」

「えっ⁉」

そうだ、前に俺の専攻を話したことがある。しかし残念ながら、たった二年間教科書上での勉強をしたというだけで話せるワケではない。

「それが、しゃ、」べれないんですよ――。

という言葉を発する前に、ミヤビは「ラッキー！」と叫ぶと「こっちこっち」と俺を強引に、騒がしいその部屋から連れ出していた。

先ほどの部屋とはうって変って、静かな会議室のようなところで、ミヤビは「ちょっと座って待っててくださいねー」と俺を残して出て行ってしまった。

ほどなくして戻ってきた彼は、緑茶のペットボトル二本と膨大な資料を持っていた。

「修司さん、これ取ってください！」

ミヤビは小脇に挟んだペットボトルを顎でさした。

「あ……はい」

ペットボトルを抜き取ると、彼は「ふー」と効果音をつけながら、両手に抱えた資料をドサッと机の上に置いた。

「修司さん、記憶力系はどうッスか⁉　ＩＱ１８０くらいあったりします？」

ペットボトルを一本俺の前に差し出し、もう一本のキャップをあけるとミヤビはそれをゴクゴクと飲んだ。

「ない……ですけど……」

「マジッスかー！　初日スーツの人はだいたい学力系なんッスけどねえ。まあ、オレもないッスけどー」

ミヤビは資料をバサバサと崩すと、中からホッチキスで留められた一部を探し出した。

「まあ、大丈夫ッスよー。とりあえず、コレだけ目え通してもらってえ、基本的なコンセプトだけ理解してもらってえ、あとはオレの言うこと中国語に訳してもらったらオッケーなんで！」

「あの……」

「なんスか？　あ！　緑茶ムリな感じッスかあ⁉」

ミヤビが、俺の手をつけていないペットボトルを見ながら言った。

「いや……、緑茶は好きです。……ありがとうございます」

俺は汗をかいた手のひらでペットボトルのキャップを開けると、それをゴクゴク飲んだ。さっきから緊張と不安で口の中はカラカラだった。

「よかったッスー！　緑茶マジうまいッスよねえ。日本人なら緑茶ッスよねえ。オレ、マジ日本の伝統とか好きなんスよー」

ホストみたいな茶髪に腰からチェーンじゃらじゃら揺らしてそんなこと言われても説得力がないんですが。両耳でピアスいくつあけてんだよ。凄いな。

ていうか、いまは緑茶が好きか嫌いかは問題ではなくて……。

「俺……中国語、話せないッスよ……？」

ミヤビがピタッと動きを止めて俺を凝視した。

次の瞬間、「マジー！　話せないんスかあー!?」という悲痛な叫び声が静かな会議室に響いた。


ミヤビの悲痛な叫びから三十分後、なぜか俺たちは三十階にある社食で仲良く並んでメシを食っていた。

勘違いを悪いと思ったらしいミヤビが「マジお詫《わ》びに」と早めの昼食をおごってくれることになったのだ。

「あっ修司さんは全然タメでしゃべってくださいねー。オレ、根がマジメなんでえ、敬語のほうが話しやすいんスよね。だからあ、気にしないで修司さんは全然タメでできてください。むしろそのほうがラクっていうかあー」

ミヤビが納豆カレーをもぐもぐ頬張りながら話した。

本当に根がマジメなヤツは、自分で自分のことを「根がマジメ」とは言わないと思うぞ。という突っ込みは心にしまい、社食にしては美味しすぎるカツカレーを感動しながら頬張った。

「わかった……。じゃあお言葉に甘えてこれからはタメで。で、さっそくなんだけど、ちょっと訊きたいことがあって……」

このチャンスに色々なことをクリアーにしておきたい。

「さっそく質問ッスかー。ヤル気満々って感じッスねー」

「あの、基本的なこと訊くけど、ヒーロー製作ってどうするの？ みんなは何してるの？」

「そこッスかあー！ 超基本じゃないッスかあ！ もしかして修司さん、内容知らずにこの会社入りました？」

ミヤビは納豆を吹き出しそうになりながらケラケラ笑い出した。

「超ウケるんスけどー。まあ最初は意味わかんないスよね。オレもめんくらいましたもん」

「みんな仕事内容はバラバラッスよ。マジでまったく違うッス。まあ、平たく言えば、それぞれの得意分野いかして世の中にヒーローを作るんスよ」

「その、ヒーローっていうのはさ、具体的にどういう人なの？」

「なんでもアリッスよ。マジでなんでもアリなんスよ。って大事なコトなんで二回言ってみましたー」

　何がおかしいのか、ミヤビはずっと笑っている。いいかげん少しムッとして俺が黙ると、彼は大きく一度息を吸って笑いを収めた。案外、空気は読めるほうらしい。

「まあ、マジメな話すればあ、ヒーローの概念なんて人それぞれじゃないッスかあ。マジお父さんがヒーローだと思うなら、お父さん作っちゃえばいいわけでえ」

「お父さん作る……？」

「でも、お父さんなら誰でもいいわけでもないじゃないッスかあ。世の中、子供虐待するようなクソ親父《おやじ》もいるわけでえ。そんなのはヒーローじゃないんスよ」

「はあ……」

「だから、修司さんが思うヒーローを作ればいいんスよ。まあ平たく言えばあ……」

　こいつ平たく言うの好きだな。

「まあ、平たく言えばあ、プロデューサーみたいなもんッスね。でもプロデューサーって言っちゃダメっスよ？　社長に聞かれるとマジ怒られるんで」

「どうして？」

「なんか、昔自称プロデューサーってヤツにだまされて金取られたことがあるみたいでえ。そんな胡散《うさん》臭い呼び方するなって怒るんスよ。ヒーロー製作は金の臭いのしない、もっと純粋なものらしいッスよ」

「そうなんだ……」

「まあ実際にはめちゃくちゃ金絡んでますけどね」

「そう……なんだ」

「浅いようで深いんスよー。この仕事」

「ええと……ミヤビくん……」

「ちょーっ！ マジで！ あんま笑かさないでくださいよお。ミ・ヤ・ビ！ セイ！ ミヤビ！ ハイ！」

ミヤビはやたらとハイテンションだった。

「ええと、ミヤビ……は、前職なにやってたのか聞いてもいい？」

「全然いいッスよー。オレ、元美容師っス！」

「ああー。確かに美容師っぽいよね」

本当はホストっぽいけど。という言葉はもちろん胸にしまった。

「どうしてこの会社に転職したの？」

「なんかあ、オレ、モテすぎちゃって。人気出すぎてめんど臭くなっちゃって」

「へっ？」

「なんつーか、完璧すぎる人間ってうとまれるじゃないっスかあ。ほら、オレってツラいいっしょ？　いわゆるイケメンってヤツ？　女の客がえげつないほどついちゃってー。そのうえ、腕もいいもんだから先輩の客根こそぎ取っちゃってー。最終的にオーナーの客取っちゃったのがヤバかったッスね。まあ、そんな感じッスー」

　どんな感じだよ。

「ま、とりあえず、道野辺さんあたりについてみたらどうッスか？」

「道野辺さんに……」

「彼、いわゆるわが社のエース的な感じなんで」

「エース……」

　なるほど、確かに彼にはベテランの風格がある。名実共にヒーローズのエースということか。

「噂をすればっ……道野辺さーん！」

　トレーを手に席を探しながら歩いていた道野辺さんに、ミヤビは大きく手を振った。

「おやおや、これはこれは。田中修司くん。ご無沙汰しております」

　道野辺さんは今日もやはり上品な微笑みを浮かべた。

「まあなんとなく流れでオレが仕事の説明してたんスけど、オレちょっと自分の仕事が佳境なんで、もし可能だったら道野辺さんについたらどうかなーと思ったんスけど」

道野辺さんは美味しそうな天ぷらうどんが載ったトレーを俺たちの横の席に置き、

「それは良いですね」と頷いた。

「東條先生ともうまくやってたみたいだしー。アシスタントとかどうッスかね？」

「えっ俺、漫画描くの⁉」

驚いた俺に、ミヤビも驚いた表情を見せた。

「えっ修司さん、漫画描けるんスか⁉」

「いやいやいや描けないよ！」

俺は慌てて顔の前で手を左右に振った。

「ッスよねー。あ〜びっくりした。そっち系の才能あるのかと思いましたよー」

「ないッス……」

残念なことに、俺には特殊な才能なんて何もない。

少しばかりシュンとして、俺は道野辺さんに話しかけた。

「あの……俺、実際なんで合格したのかよくわかってないんですよね……。特に何の取り柄もないし……」

「でもテストを受けられて、面接を経て合格されたのでしょう？」

道野辺さんが優しい声で言った。

「そうなんですけど……。それ、たぶん名刺のお陰っていうか……。東條先生の力っていうか……」

「なぜ、そう思われるのですか？」

「だって、絶対テストの成績も良くなかったと思うし、面接でも……俺、一人だけ普段着で行っちゃったし……」

「普通、何着て行くんスか？」

ミヤビがカレーを豪快に頬張りながら口をはさんだ。

「みんなスーツだったよ。ミヤビはスーツで行かなかったの？」

「ああ、オレ面接組じゃないんで」

「ミヤビくんはちょっと特殊な入り方なんですよ。こう見えてエリートコースですからね」

このミヤビが？　なかば信じられない気持ちがする。

「エリートコース……とかもあるんですね。どういう……」

「あーーーー！！　マジかよーーーー」

ミヤビが突然大声を出した。

「すんません、オレ仕事戻るッス！　よかったー先にメシ食ってて」

携帯を片手に何やら操作をしながら立ち上がった。どうやらトラブルらしい。

「俺、後で自分のと一緒に片づけとくよ。急ぐんでしょ？」

ミヤビが片手でトレーを持ち上げようとするのを制して俺は言った。

「マジっスかー。修司さん、すんませーん。んじゃ、お言葉に甘える感じで。お先ッスー！」

「あっ、お昼ごちそうさま！」

ミヤビは片手を上げて「チッスー」とよくわからない挨拶を残して去って行った。

「それでは修司くん」

「はい！」

勢い良く振り返ると、道野辺さんは優しく微笑んでいた。

「お昼を食べ終わったら早速、東條先生の下へ参りましょう」

「はい。具体的にはなにをすれば良いですか？」

俺は少し緊張しながら訊いた。

「修司くんは、東條先生をヒーローにするためにはどうすれば良いと思いますか？」

「ええと……漫画を有名にする」

「どうなれば有名になるのでしょう」

「それは……たくさんの人に読んでもらえれば」

まるで面接されているみたいだ。

「どうすればたくさんの人に読んでもらえるのでしょう」

「ええと……宣伝に力を入れて……メディアとかにも露出を……」

「その前に、絶対に必要なことがあります」

道野辺さんはトレーに箸を置くと、手を合わせた。

そして顔を上げると俺のほうを向いた。

「東條先生に面白い漫画を描いていただくことです。その為なら私たちは何だっていたします」

そう言うと音も立てずにスッと立ち上がった。

「さあ参りましょう。きっと、東條先生は再会をお喜びになりますよ」

道野辺さんはニッコリ笑った。

東條先生の滞在するホテルへと向かう道すがら俺は尋ねた。

「東條先生はずっとホテルに滞在されているんですか？」

「いいえ、期間限定のことです。ネームを作られている期間は都内のホテルへ滞在していただき、その間にインタビューや写真撮影等都内で行われる業務の予定を入れております。そのほうが移動に時間を取られなくて済みますからね。ペン入れに入られたらご自宅の作業場のほうがやりやすいとのことですので、その期間は千葉《ちば》のご自宅で漫画に専念していただいております」

なるほど。いわゆるスケジュール管理というやつか。

「芸能人のマネージャーさんみたいなこともするんですね」

「それに近いものもあるかもしれませんね」

道野辺さんはニッコリ笑った。この人は本当にいつも微笑みを絶やさないでいる。さぞかし仕事ができるのだろうと俺は感心した。

「ちなみに修司くん、以前こういった業務に携わったご経験は？」

「いいえ、ありません。全く経験も知識もないです」

「誰でもはじめはそうですよ」

凄い人だなあと思った。道野辺さんは今までに会った誰よりも優しかった。

「道野辺さんはもうこの会社に入って長いんですか？」

「そうですね、かれこれ二十年にはなりますかねえ」

「その前は何をされていたのですか？」

「その前はとある事業をしておりました」

「社長さんだったんですか？」

だから立居振舞が上品なのか。非常に納得した。

「社長さんというほど大層な肩書が似合うものではございませんよ」

道野辺さんは謙遜するように言った。

「凄いなあ。やっぱり才能のある人は違うんですね」

「はて、私にどのような才能がございましょう」

「だって元社長さんだし、今はこの会社のエースだし」

道野辺さんは静かに微笑んだ。

「才能とは……」

そう言って一度言葉を区切り、遠くを見つめた。

「才能とは、一体どのような形をしているのでしょう。一度くらいお目にかかりたいものだと思うのですよ」

不思議なことを言う人だなあ、と思っていると道野辺さんが突然悪戯《いたずら》っぽい笑顔で俺を見て言った。

「もしかしたら、椅子に座って葉巻を咥《くわ》え、背中に羽のある男かもしれません」

「ええ？」

「才能の形ですよ。彼はとても気まぐれで、時たま努力を重ねる人間に小さなトランクに入った魔法の粉を掛けてくれるのです。その粉は人間にインスピレーションを与えてくれます。東條先生は見たことがあるかもしれませんね」

話の内容がよくわからなかった俺は、なんとなく愛想笑いを返しながらただ道野辺さんの横について歩いた。

「私はね、修司くん」

道野辺さんは突然ピタリと歩みを止めた。

「いまだにその、背中に羽の生えた男と会ったことがないのですよ」

そう言った道野辺さんはどこか寂しそうに見えた。

「うわああああああーーーーー！」

高級ホテルの一室では再びあの雄たけびが轟いていた。

「もーーーーう！　描けないよおおおおお！！！」

俺は道野辺さんに「やれやれ」と目くばせすると、ジャケットを脱いだ。


――三十分後、俺はやはり肩で息をしながら散らばった描きかけのネーム原稿を丁寧に拾い集めていた。

「これで全部ですね。ちゃんと描けているじゃないですか」

「途中で詰まっちゃってさあ……」

東條先生はぐったりした表情で情けなく椅子に座っていた。

「おいしいコーヒーでもお淹れいたしましょう」

道野辺さんはゆっくりとキッチンへ移動した。真剣な表情でコーヒー豆を見比べるその姿はまるで喫茶店のベテランマスターのようだった。

しばらくすると部屋にコーヒーの良い香りが立ち込めはじめた。道野辺さんはまるで執事のように琥珀色《こはくいろ》に輝く淹れたてのコーヒーを丁寧に東條先生の前へ置いた。

東條先生はカップを手に取り、その香りを鼻からいっぱい吸い込んで大きく息を吐いた。そしてゆっくりとカップに口をつけた。

「少し落ち着いたよ」

そう言うと彼は少し微笑んだ。

「漫画を描きはじめた頃は描くことが本当に楽しかったんだ」

俺も道野辺さんもただ黙って東條先生の話を聞いた。

「何もいらないと思ったよ。描いてさえいられれば、何もいらない。僕が描いた漫画を読んでくれる人がいれば、もう何もいらないってね」

そう言った彼の目は道に迷った子供のように不安そうに見えた。

「僕には漫画しかなかったからさ。もし僕に漫画の才能があったとしたならきっとその代わりにほかの才能が欠落していたんだ。あの頃はそれすら幸せだと思っていたけど……今では怖くなるんだ」

彼はカップを両手で抱えたまま、少し遠くを見た。

「漫画以外に逃げ場のないことが、時々怖くて仕方なくなるんだ」

そう言った東條隼は生活に疲れた普通のおじさんに見えた。

帰り道、俺は道野辺さんと並んで歩いた。

「東條先生は才能ある漫画家だと思っています。それでもやっぱり描き続けることは大変なんですね」

俺には正直、特別な才能を持った東條先生が羨ましかったが、やはり辛そうな姿を見ると、傍から見るほど楽しい仕事ではないのかな、とも思った。

「どんな仕事でも常にうまくいくことなどございませんからね」

「でも仕事はしなきゃ食べていけないですからね」

「そうですねえ」

なんとも世知辛い世の中だ。

「なんか生きるって大変ですよね……」

道野辺さんは少し黙った後、優しい声で言った。

「生きることなど容易《たやす》いですよ」

「でも……」

「修司くん。一度、息を吸ってみてください」

「息を……？　こうですか？」

俺は鼻からスーッと音を立て、思いっきり息を吸い込んだ。

「次に、吐いてみてください」

言われた通りに今度は口からハアーっと息を吐き出す。

「きみは今、生きています」

道野辺さんは真面目な顔で言った。

「ね、生きることなど容易いでしょう?」

そして、ニッコリ笑った。

一週間後、抱えていた案件が一段落したミヤビが東條隼チームに参加することになった。代わりに道野辺さんは並行して別の案件にも手をつけることになった。やはり道野辺さんはエースというだけあって色々なチームから引っ張りだこらしい。

「修司さんと東條先生の相性が良くって助かりましたよ。ああ見えて先生、人見知りするんで」

東條先生の滞在するホテルへ向かう途中、ミヤビがニコニコしながら言った。

そういえばミヤビもいつも笑っている。この会社には働く場所独特の張り詰めた空気のようなものが皆無だ。一体、他の人はどのような仕事をしているのだろう。

「修司さん、この店知ってます？〝アメリカンパイ〟ってチェリーパイの有名な店なんスけど」

ミヤビが歩きながら若い女の子が大行列を作っている先を顎で指した。

「ああ、一年くらい前にオープンしたパイ専門店だろ。三時間待ちとかってこないだテレビでやってた。今日も凄い人だよね」

日曜だけあって歩道には人が溢れている。しかし、それにしてもどこから集まったのかと思うほどの行列だ。

「コレ、手掛けてるのもウチの会社ッスよ」

「そうなの⁉」

俺が驚いて立ち止まるとミヤビは得意げにニヤリと笑った。

「道野辺さんと社長の、夢の強力タッグでこの大成功ッス」

「へえー凄い……。でも、ヒーローズが手掛けるのは人だけじゃないの？」

「人ッスよ。あそこの社長、元ネジ会社の社長だったんスよ。それをパイ職人に仕立て上げちゃいました」

「仕立て上げる……って、ネジ会社からなんでまたパイ職人に……」

「そのネジ工場、立ちゆかなくなっちゃって。けっこう追い詰められてたんスよ。あそこの社長も男気のある人だから。もし金が工面できなくて文無しで職人放り出すくらいなら首くくってでも金の用意するって、そりゃあもう悲壮な覚悟で」

「へえー……」

「そんで、首くくるくらいならまあみんなでパイでも焼いちゃいなよってことで」

「だから、なんでパイ……？」

「職人て手先器用じゃないッスかあ。あんな小さいネジ作れんならパイだって焼けるだろうってことで。厨房《ちゅうぼう》見たらむさ苦しいおっさんがマジメな顔して並んでパイ作ってでウケますよ」

ミヤビは楽しそうにケラケラと笑った。

「日本ってブーム去るの早いじゃないッスか。最初は流行《はや》っても一年経ったら閑古鳥《かんこどり》鳴いちゃうみたいな」

「そうだよね。そう考えれば一年経ってまだ三時間の行列って凄いことだよね」

「修司さん、閑古鳥の鳴き声って聞いたことあります？」

「えっ、ないよ。本当にそんな鳥いるんだ」

「いるんスよ。オレ聞いたことありますもん」

本当だろうか。俺は半信半疑ながら、一応「へえー」と相槌をうった。

「潰れかけの店に入ったとき、マジでがらーんとした店内にカラーンカラーンって鳴いてるのが聞こえるんスよ。あれ、マジ切ないんスよねえ」

ミヤビは冗談とも本気ともつかないことを真顔で言った。

「要は〝マジでうまい！〟ってならないと所詮は流行りもので終わっちゃうんスよ。でもそこはさすが職人のプライドと技ッスよね。オレ、何回も試食したんスけど、マジ繊細な味出してるんスよ。修司さんも食ってみてください。絶対〝マジやっべーなにこれ〟ってなりますから。三時間並ぶ価値あるッスよ」

ミヤビは一気にまくし立てた。

「へええー。俺、なんだか凄い会社に入っちゃったんだなあ」

それはここ一週間ヒーロー社で働いてみた率直な感想だった。

俺以外は全員が正社員らしく、出会う人出会う人、全員が凄い〝武器〟を携えた猛者たちだった。道野辺さんに聞いた話だと、このミヤビも昔はカリスマと呼ばれるような腕を持った有名美容師だったらしい。

ちなみにミヤビが手掛けていた案件は日本と上海に同時オープンする大きなサロン。要するに一人の美容師を国際的なサロン経営者というヒーローに育てる、という案件だったらしい。先日はそのイベントが日本であってリンリンの手を借りたかった、とのことだが、無事に〝社食でのランチ一週間〟と引き換えに、リンリンは上海から日本へトンボ帰りしてくれた。

「リンリンああ見えて大食いなんスよねえ」というミヤビのボヤキを、俺はこの数日で五回は聞いた。

「ま、こんなもんで驚いてちゃダメっスよー。うちの会社なんだかんだ言って、割とスゴイんスから。あっ、バス停発見ー！」

ミヤビはバス停に小走りで駆け寄った。俺は高鳴った鼓動を落ち着かせながらミヤビの後をゆっくり追った。

「ちょうどあと一分で来ますよ。早いしバスで行きます？」

ミヤビがバスの時刻表を見ながら言った。

「ごめん、俺、バス苦手なんだ」

俺は無理矢理、頬を持ち上げて笑ってみせた。

「そうなんッスか？」

「すぐ酔っちゃうんだよ。あの匂いと揺れが苦手で」

額から冷たい汗が流れたことにも気づかないフリをした。

「三半規管が弱いんスね」

「電車でもいいかな」

心の中にドロドロとしたものが込み上げてきた。

「全然いいッスよー。電車は大丈夫なんスか？　タクシーとかは？」

「ああ。電車もタクシーも大丈夫。バスだけ苦手なんだ」

答えながら、少しずつ速くなる動悸《どうき》をミヤビに悟られないよう必死で抑えた。

「他が大丈夫ならいいッスね。どうしてもバスじゃなきゃダメな場面てあんまりないッスもんねー」

「そうだね」

そんな会話をかわす俺たちの横を、乗るはずだったバスがブオーンと音を立てて走り過ぎて行った。


「ミヤビっスー。入りまーす」

コンコンとノックするが早いか、ミヤビは扉に手を掛けた。

しかし扉が開いても、今日は部屋から猛獣のような声は聞こえてこない。

「失礼します」

俺もミヤビに続いて部屋に入った。

東條先生はちゃんと椅子に座ってコーヒーを飲んでいた。

髪もそれほどボサボサではない。少し、あのヴィジョンに映っていたのと同じ人物に近づいていた。

「いーい香りッスねえ」

部屋には確かに、コーヒーの良い香りが充満していた。

「ちょうど今、昼ご飯を食べ終わったところなんだ。きみたちも飲むかい？」

俺たちはいつも通り、丸いテーブルを囲むように座った。

「センセー、待望のお品でーす」

ミヤビは持っていた紙袋を大きな丸テーブルの上で逆さまにしてみせた。紙袋の中からバサバサと音を立て、色とりどりの駄菓子がテーブルいっぱいに転がり落ちた。

「うわあー！　これこれー！　待ってたんだよー。嬉しいなあー」

先生は興奮した様子でテーブルいっぱいに広がる駄菓子を一つ一つ大切そうに拾い上げながら確認した。

俺はミヤビに促されるがままにコーヒーをカップに注ぎ、再び席に着いた。

先生は子供のような顔で山のような駄菓子を吟味して、手に取っては歓声を上げていた。

「これこれ、懐かしいなあ。ミルクせんべい大好きなんだよ。うわあ、ちゃんと練乳まであるじゃないか。これを思う存分食べるのが子供の頃の夢だったんだ」

「オレはミルクせんべいにはマヨ派でしたけどね」

「マヨネーズなんて邪道だよ。やっぱりこれには練乳じゃないと」

「ジャムもありッスよ」

「いいや、ミルクって名前なんだからやっぱり練乳だよ。じゃなきゃミルクせんべいに失礼じゃないか」

「失礼ってなんスか。オレ、いちごジャム好きなんスよ」

まるでホストのようなミヤビと、冴《さ》えないおじさんにしか見えない東條隼。

全く違う世界に住んでいそうな二人が楽しそうに会話しているのを、俺は不思議な気持ちで見ていた。

「そろそろホテルにも慣れてきたッスか？」

「自分の家じゃないからね、やっぱり落ち着かないよ……」

東條隼は情けなく眉を下げ溜息をついた。

「そうッスよねー。オレもデリケートなんで枕変わると眠れないんスよー」

ミヤビは冗談にしか聞こえないようなことを真顔で言った。

「僕は、枕は大丈夫なんだけどさあ……」

東條先生も苦笑いしているように見えた。

結局、今日はとくに用があったわけではなく、ただ話し相手が欲しかったのだと東條隼は言った。

「これを食べるとねえ、思い出すんだ。この薄いミルクせんべいを一枚一枚それはもう大切に食べた。練乳だって僕にとってはものすごい貴重品だったんだ。だから、ちょっとずつ塗って、うすーく伸ばしてね」

東條先生は言った通り、薄く練乳を伸ばして二枚を重ねた。

「これを食べると海辺を思い出すんだ」

「どうして海辺なんですか？」

俺も同じように練乳を塗った。ミルクせんべいなんて小さい頃お祭りで食べた以来だった。口に含むと懐かしいほのかな甘みが胸の奥のほうをくすぐった。

「僕はねえ、小さな島で育ったんだ」

東條先生は遠い昔を思い出すように目を細め、窓から遠くの景色を見た。

「ほんとうに、小さい小さい島でね。娯楽と呼べるものがほとんどなかった。たった一つあった島の商店にね、駄菓子が置いてあって、週に一度こづかい握りしめてそれを選ぶのが最大の楽しみだった。そこで毎週これを買ってた」

彼はミルクせんべいをまた少しかじった。

「遊ぶ場所は海しかなくて。ミルクせんべいがあるときは、それを少しずつかじりながら海辺で遊ぶのが楽しかった。けど、夜はやっぱり退屈でさ。毎晩のように、家にほんの数冊あった漫画をそりゃもうページが擦り切れるほど読んだんだ。そのうちセリフを全部言えるようになったよ。そうしたら、今度は自分でそのストーリーの続きを作ってみたくなった」

　東條先生はいつになく饒舌《じょうぜつ》だった。俺はただ黙って東條少年の物語に耳を傾けた。

「初めて漫画を描いたんだ。小学四年生の頃だった。馬鹿みたいだけど、自分で描いたものが面白くって。そのうち、こんな面白いものを一人占めしちゃいけないと思った僕はね、自分で描いた漫画を学校へ持っていくことにしたんだ」

　彼は今まで見せたことのないような屈託のない笑顔を見せた。

　まるで小学生の頃にタイムスリップしているようだった。

「その日のことは今でもはっきり覚えている」東條先生は続けた。

「僕はまるでヒーローだったよ」

　はっきりそう言い切った瞳はキラキラと輝いていた。

「みんなが僕の描いた漫画を読んで笑うんだ。僕を取り囲んで早く続きを描いてとせがむんだ。これほど楽しいことはなかった」

　その情景が目に浮かぶようで、俺は自然と自分の頬が緩むのを感じた。ふとミヤビを見ると、彼も同じように頬を緩ませて東條少年の物語に耳を傾けていた。

「その日から僕は夢中で漫画を描いた。正に、寝る間も惜しんで描いたんだ。密かに好きだった女の子をヒロインにしたりしてさ」

ミヤビが「ふふっ」と吐息を漏らした。

「やっぱ、小学生の頃ってみんな同じようなこと考えるんスね」

「僕は好きな女の子をイジメてアピールできるタイプじゃなかったからね。〝あんまり似過ぎてたらみんなにバレちゃう〟なんて余計な心配して、ドキドキしながら好きな子の絵を描いたよ。あんなヘタクソな絵でバレるはずもないのにね。あの頃は本当に漫画を描くのが楽しかった」

そして手に持った残りのミルクせんべいをパクリと口に放り入れて「うん、やっぱり練乳だよ」とミヤビに向けニヤリと笑った。

「今度はイチゴジャムも持ってきますからね！」

ミヤビは嬉しそうにケラケラと笑った。

俺は東條先生の話がなんだか羨ましかった。

「いいなあ……」

思わず心の声が外に漏れてしまった。

「ほら、修司さんもジャム食べたいッスよねえ」

俺は苦笑いした。

「いや、そうじゃなくって……。なんか羨ましいなあと思って」

「何がッスか？」

俺はほんの少しためらった後、正直に話した。

「先生は小さい頃から漫画を描く才能があったんだなあって。僕には何にも飛び抜けた才能がないからさ……。いいなって思ったんだ」

「才能、かあ……」

東條先生は切ない顔で手に持った新しいミルクせんべいに視線を落とした。

ほんの一瞬、静かな空気が部屋に流れた。

「生まれたときから才能ってヤツが見えりゃみんな苦労しないんスけどねえ」

ミヤビが珍しくしんみりした口調で言った。

俺の頭に、ふとあの言葉が浮かんだ。

「葉巻を咥えた背中に羽のある男だったりして」

「なんスか？」

ミヤビが首を傾げてこちらを見た。

「きみはスティーブンキングが好きなのかい？」

東條先生がすぐに反応した。

「それはスティーブンキングの言葉だろう？　小さいトランクを持ったミューズだ」

「そうだったんですか？　確か、道野辺さんがそんなことを言ってたなあって」

てっきり道野辺さんが考えたのかと思っていた。

「そうか、道野辺さんもスティーブンキングのファンなのか。今度話をしてみよう」

「有名な言葉だったんですね。知らなかった……」

「有名ってワケではないかもしれないけど、その背中に羽のある葉巻好きの彼は、僕が生涯一度でいいからお目にかかりたい神様であることは間違いないね」

トランクの中には魔法の粉が入っていて、それを気まぐれに人間に振りかけてインスピレーションを与えてくれる——確か道野辺さんはそう言っていた。

「まだ御覧になったことないんですか？」

言いながら、我ながら変な質問だと思った。

「ははは。御覧になったことか。どうなんだろう……。もしかしたら気づかないうちに会っているのかもしれないけど……。そうだといいけどなあ……」

東條隼は優しい目で窓の外を見つめていた。

数日後の朝、俺は携帯電話の音で叩き起こされた。寝ぼけた目をこすりながら表示を見ると『東條隼先生』とあった。慌てて電話に出た。

「修司君！　道野辺さんに連絡がつかなくて」

切羽詰まった東條先生のその声に一気に目が覚めた。

「どうかされましたか？」

「どうしても差し替えたいページがあるんだ。担当さんはこれでいいって言ったんだけど、けど、どうしても納得いかない。あと一時間で描き終わるから出版社まで届けてほしいんだ。僕は午後から自宅で取材が入ってるから動けなくって……」

「わかりました。担当さんに連絡を取ってみます。先生はとにかく差し替えの原稿を仕上げてください」

俺はベッドから跳ね起きると、その辺にあったTシャツに頭を突っ込んだ。

駅まで走りながらミヤビに電話で事情を説明した。

「了解ッス。オレが出版社に連絡するんで、駅で待ち合わて先生の自宅まで行きましょう。特急で行けば一時間以内に着くッス」

ミヤビの言う通り、四十分後に先生の自宅最寄り駅に着いた。

しかし駅から先生の自宅まではかなり距離があるとミヤビは言った。

すぐにタクシー乗り場に行き、パタンと開いた後部座席からミヤビが顔だけ覗かせると「西町《にしまち》三丁目まで何分くらいッスか？」と聞いた。

「この時間混んでるからねえ。ここはバスが多いから。バスなら優先道路があるから、そっちの方が早いよ。ほら、あのバスの三つめの停留所だよ」

目の前のターミナルにバスが滑り込んできた。迷っている時間はなかった。

「乗ろう」

俺とミヤビはタクシーの運転手さんにお礼を言い、バスに乗り込んだ。

たった三つくらい大丈夫。俺は自分にそう言い聞かせた。


乗車からほどなくして、顔から血の気が引いているのがわかった。

「修司さん、顔色悪いッスよ」

「ああ……大丈夫……」

「ほんとにバス弱いんスね。次の停留所で一回降りましょうか」

「でも、それだと遅くなるから……」

「修司さん、マジ顔色ヤバいッスよ」

「だいじょ……ぶ……」

額からダラダラと汗が流れ、目には涙が今にも零れ落ちそうなほど溜まっていた。

息が苦しい。

「修司さん……」

ミヤビが何か話しかけてくれているがもう内容が耳に入ってこない。胸が詰まって苦しい。空気を取り込むために必死に口をパクパク動かすが、空気が入ってくる気は一向にしない。

「修司さん……！」

ミヤビの呼びかけがぼわんぼわんと頭の中で歪んで響いている。

大丈夫だから、ミヤビ。もうすぐ着くから大丈夫。俺は大丈夫だから。

声に出したいのに、どうしても声が出ない。

大丈夫。大丈夫。大丈夫。

でも、苦しい。息が——できない。

「——！」

遠くでミヤビの叫び声が聞こえたような気がした。

そして、目の前が暗くなった。

気がつくと、目の前には真っ白な天井が見えた。

「おっ修司くん。起きたね」

俺が横たわっているベッドの傍らにはミヤビではなく社長がいた。

ああ……。俺は思わずもう一度目を閉じた。正式採用はなくなったか。

「まだクラクラするかい？」

でも黙っていた俺が悪い。俺は覚悟を決めると再び目を開き、ゆっくり上半身を起こした。

「おいおい、無理して起きなくいいよ」

「もう大丈夫です。ご迷惑をお掛けしてすみませんでした」

社長は口の端を少し持ち上げると軽く頷いた。

「こういったことは前にもあったかい？」

これ以上迷惑は掛けられない。俺は正直に答えた。

「はい」

「どういうときに発作が起こるか把握はしているのかな？」

「バスに乗ったときです。過呼吸の症状が出ます」

「それ以外で同じ症状が出たことは？」

「ありません」

「原因も自分で把握しているの？」

「……はい」

「そうかい……」

社長はふーむといいながら右手を口元にあてた。

「隠していてすみませんでした」

「うーん……厳密にはこちらからそういう健康に関する質問はしなかったから、隠していたわけではないと思うよ」

「いいえ、自分から申告すべきでした。ご迷惑をお掛けして大変申し訳ありませんでした」

社長は考えるような表情のまま、ふくよかな顎をさすり「うーん」と唸った。そして、こういう言い方が相応《ふさわ》しいかどうかわからないけど……、と前置きしたうえで、

「時代だねえ……」と少し遠くを見ながら呟いた。

その日は大事を取って病院で一泊するようにと社長から指示を受け、その言葉に従うことにした。

もう治ったと思っていたのに。いいや、そう思いたかっただけか。

真っ白な天井をじっと見つめていると、頬につーっと涙が伝ってそのまま枕に吸い込まれていった。

「情けねえなあ……」

こんな男がヒーローを作ろうだなんてちゃんちゃらおかしな話だ。

ふーっと溜息をついた。また一から仕事探さなくっちゃな。

もう一度大きく溜息をついてごろんと寝返りをうつと、ガラガラと扉が開く音がした。

「まだ起きてるッスかあ？」

革のブーツが床を叩く特徴ある足音と共に、聞きなれた元気な声が聞こえた。

「……ノックくらいしろよ」

「起きてたッスねー」

ミヤビは手に持ったコンビニの袋を少し持ち上げて俺に見せるとニヤッと笑った。

「新作出てたんスよ」

ベッドの傍らにあった椅子を勝手に引き出して座ったミヤビは、コンビニ袋から小さなカップに入ったチョコレートパフェと缶コーヒーを取り出し「マジうまそうっしょ？」と嬉しそうに笑った。

「修司さん無糖ッスよね」

ビニールを破って取り出した小さなスプーンを口に咥えたまま、状態を起こした俺に缶コーヒーとパフェを差し出した。

「修司さん知ってます？　缶コーヒーを作り出したのって日本人なんスよ。その人が缶コーヒー作ってくれなかったら、オレらいつでも飲みたいときに気軽にコーヒー買うことできなかったんスよ。缶コーヒー作った人ってマジヒーローっスよね」

そう言うとミヤビはプシュッと良い音をたてて缶コーヒーを開けた。コーヒーの香りがふわっと広がった。

「うっま！　これマジうっま！」

まじまじと缶に貼ってあるラベルを読んだ後「マジ進化半端ないッスねえ」と呟きながら、今度はチョコレートパフェの蓋を取り、スプーンですくったチョコレートをどんどん口へと運んで行った。

「あーこのチョコパもイケてますね。小谷《こたに》製菓……」

ミヤビはラベルを読みながら言った。

「最近のコンビニスイーツってマジ頑張っててマジ頭下がりますよ。てゆーか、この病院もけっこうメシうまいっしょ？　オレも食ったことあるんスよ」

チョコレートパフェをあっという間に平らげ、満足した様子でミヤビはゆっくり缶コーヒーをすすった。

「ミヤビでも入院とかするんだな」

「それ褒め言葉ッスかあー？」

「褒めてねえよ……」

俯きながら少し笑っている自分に気づいた。努めて明るく振る舞っているようなミヤビの言動がなんだか嬉しかった。

ちゃんと話さなきゃな。

俺がミヤビに視線をやると、ミヤビは少し口の端を持ち上げた。まるでさっきの社長と同じような表情で俺は思わず苦笑いした。

「今日は迷惑掛けてすいませんでした」

頭を下げる俺を、ミヤビは「ちょ、マジなんスか。急にー」と笑い飛ばした。

「原稿、どうなった？」

「そりゃもう、完璧ッスよ。オレを誰だと思ってるんスかあ」

「そっか。ありがとう。助かったよ」

「自分の仕事全うしただけッスよ」

ミヤビはいつも通りヘラヘラ笑っていた。

「ミヤビ」

「なんスか？」

この話を人にするのは初めてだ。でも話してもいいと思えた。

「ちょっと話聞いてもらっていいかな」

ミヤビはもう一度口の端を少し持ち上げて、優しく頷いた。

俺は以前とある金融系企業で働いていた。

勤務態度はいたって真面目。社内に可愛い彼女もいて、同僚にもめぐまれ順風満帆な社会人生活を送っていた。

コツコツ金を貯めて来年くらいには彼女と結婚して、働いて帰った俺を妻になった彼女が迎えてくれる。しばらくは二人っきりの新婚生活を楽しんで、将来的に子供は二人。いつかはマイホームを購入する。そんな当たり前の夢を見ていた。

それが一転したのは、一年前のことだった。

朝、俺はいつも通り通勤バスに乗り込んだ。朝のバスはだいたい同じメンバーが同じような場所に乗っている。

俺はいつもの場所で、左手に鞄を持ち、右手でつり革を摑んでいた。

降りる停留所までは十五分。ほぼ全員が最終の停留所で降りてそこから駅の改札口へと向かう。

もうすぐ着くな、とつり革をはなし体の向きを変えたときだった。

「もうやめてください！」

俺の背後で女子高生が叫ぶ声がした。

驚いて振り返ると、彼女は涙の溜まった目で俺を睨み付けていた。

周りの乗客の視線が一斉に俺に注がれた。

「毎日毎日、もう耐えられない！」

セーラー服を身にまとった彼女は明らかに俺に向かって叫んでいた。

「この人、痴漢です！」

彼女の顔には見覚えがあった。いつも俺の左隣にいた子だ。俺は狼狽した。

「違う、間違いだ。俺じゃない。何かの間違い……」

「来ないで！」

近づこうとした俺に、彼女は後ずさりながら泣き顔で叫んだ。

バスの運転手が近づいてきた。「違います。誤解です」と必死に訴える俺と泣きじゃくっている彼女をバスから降ろした。そして駅にある事務室へ連れて行かれた。

断じて俺は痴漢などしていない。けれどそれを証明できる術はなかった。左手には鞄を持っていたと訴えても「鞄を持っていても触ることはできるからね」と言われ、それどころか「鞄をカモフラージュにする常習犯は多いんだよ。鞄が当たっただけだと言い逃れできると思ってね」とさらに疑いを強めてしまった。

だからと言って女子高生が嘘《うそ》をついているという風でもなかった。彼女は本当におびえているように見えたし、ずっと泣きじゃくっていた。どこからどう見ても彼女は被害者で俺は加害者だった。

もしかしたら知らないうちに本当に鞄が当たってしまっていたのかと思ったりもした。しかし、鞄はぴったりと自分の足にくっつけていたし、立ち位置から考えると鞄が当たる前にそれを持っている自分の手が当たるだろう。彼女が触られたと訴えたのは太股《ふともも》などではなく右の臀部《でんぶ》。後方だ。そんなところに隣に立つ俺の鞄が当たるわけはなかった。

可能性は二つ。一つ目は彼女が嘘をついていることだ。個人的に彼女に恨まれるような覚えはないから、だとすると目的は金だろう。もう一つは、彼女は本当に痴漢にあったが、犯人は俺ではない誰かということ。それなら本当の犯人はかなり絞られてくる。彼女の左隣、もしくは後方の手の届く位置にいた男。

彼女の態度から推察するに後者である可能性が高いと思った俺は、警察にそれを訴えた。しかし、容疑者である自分がそんなことを言ったところで警察が信じてくれるわけもない。彼女が触られたのは右後方。右側に立っていた俺が真っ先に疑われるのはしょうがない状況だった。

ほどなくして相手の父親が駆け付けた。いなや、俺は殴り飛ばされた。

駅の職員が慌てて父親を押さえ込んだ。一通りの罵声を浴びせ、落ち着いた父親は「大袈裟《おおげさ》にしてまだ若い娘の傷口を広げたくない」と俺に示談を提案した。

一体どうすればいいのかと途方に暮れた俺は、とにかく会社に連絡を入れ事情を説明した。信頼している上司ならきっと俺を庇《かば》ってくれる、同僚や彼女はきっと俺を信じてくれる、みんなで俺を助けてくれる。藁《わら》にもすがる思いだった。

会社からの提案は明快だった。そのままでは埒《らち》があかない。逮捕されて前科がつくくらいなら、示談金を支払ってでも問題を解決したらどうだ。

精神的に追い詰められ正常な判断力を欠いていた俺は、何も考えずその指示に従った。会社は俺を信じてくれていると思っていた。

まさかその翌日に解雇通告されるとは、夢にも思っていなかった。

金を支払って書類にサインをした俺は計三人から殴られた。まず被害者の父親、そして泣きじゃくる俺の彼女、顔を真っ赤にした彼女の父親。

泣きじゃくる彼女から殴られたとき、俺は初めて全てを失うんだということを理解した。そして、それを止める術はないということも。

結局、俺は痴漢を認めたとみなされて解雇された。

しかし本当に人生に絶望したのはこの後だった。

一週間後、事態は急変した。真犯人が逮捕されたのだ。別人への痴漢容疑で捕まったその男はやはりそのバスの利用者で、俺に痴漢をされたと言っていた女子高生への継続的な痴漢行為も認めた。

俺は歓喜した。これで全てが元通りになると思った。

彼女も彼女の両親も会社も疑ったことを謝ってくれると思った。頼れる上司は「よく我慢したな」と褒めてくれて、仲の良い同僚たちも「大変だったな」と同情してくれると思っていた。俺は元通りの生活に戻れるのが嬉しくて、疑われたことも、殴られたことも、全てを水に流そうと思っていた。

信じてもらえなかったことはショックだったが、それは示談に応じた俺も悪かったんだから、と自分に言い聞かせた。

俺は意気揚々と上司に報告をした。入社した頃からずっと世話になっていた一番信頼できる上司だった。何度電話しても繋がらなかったのでメールをした。犯人が捕まったこと。疑いが晴れたので職場に復帰したいこと。彼からはメールで返信が来た。

『力になれずに大変申し訳ないが、一度解雇された人間を再び雇うということは考えにくい。どうしても復帰を望むなら人事に直接連絡してくれ。ただし君は一度罪を認めてしまっている。復帰できる可能性は限りなく低い。もううちの会社とは関わらず新しい道を探すことが君のためだと思う』

メールを見てすぐに電話をしたがやっぱり繋がらなかった。

『示談に応じたのは会社の指示があったからで、真犯人が捕まったことで自分の無実は証明されます』という俺のメールへの返信はとうとうなかった。

もちろん彼女にもすぐに連絡した。電話番号やアドレスは全て変わってしまっていたため、実家にまで押しかけた。結果として彼女に会うことは叶《かな》わなかった。かわりに両親が現れ「もう関わりたくないと言っている。痴漢が冤罪《えんざい》だとかは関係ない。これ以上つきまとうならストーカーとして警察に連絡する」と追い返された。

俺を痴漢だと訴えた女子高生の親には、示談内容に接近禁止が含まれていたので会いには行かなかった。

だが数日後、その女子高生本人と偶然バスで居合わせてしまった。なんの運命のいたずらなのか、今まで会ったこともなかったような夕刻に乗り合わせてしまった。

彼女は俺が乗ってきたことに気づくと、悲鳴を上げて顔を覆って泣き出した。

乗客が一斉に俺に視線を送った。あの日のことが鮮明に脳裏に蘇った。

どうしてなんだ。俺は無実なのに。真犯人だって捕まったのに。

どうして、どうして誰も俺のことを信じてくれないんだ。

どうして誰も俺を助けてくれないんだ。

——俺はどうすれば、誰かに信じてもらえる？

汗と涙が同時に溢れた。とたんにバスの中の空気が薄くなったような気がした。

胸が詰まって、声が出なくて、俺は逃げるようにバスから降りた。

気がついたら家に帰ってきていた。どうやって戻ったのか記憶がなかった。


翌日駅へ向かうためバスに乗り込むと、乗客の視線が俺に注がれたような気がした。

こんな時間帯にバスに乗ったことはない。みんな俺のことなんて知らないはずだ。そう言いきかせても見られている感覚はなくならなかった。運転手もちらちらとこちらを見ているような気がした。

俺は自分の顔を隠そうと、俯くようにバスのシートで体を小さく折り曲げた。

次の瞬間、バスの中の空気が薄くなったような気がした。

胸が詰まって、息がうまくできなくなった。

息を吸おうと口を開けてもまるで金魚のように空気をパクパク食《は》むだけで、一向に体内に酸素は入ってこなかった。

苦しい――

助けを呼ぼうも声が出ない。

次の停留所でバスが止まると、俺はそこから転がり落ちるように降り、少し離れたところで倒れ込んだ。

バスは何事もなかったかのように、そのまま発進した。

更に翌日、バス停が近づくにつれ動機が激しくなった。

乗り込もうとするも、バスの扉に近づいただけでヒュッと息が吸えなくなった。

慌てて並んでいた列からはずれて、バスから離れた。

バスは昨日と同じように俺を残して発進した。

その又翌日、ついにバス停を見ると足が震えるようになった。

近づくにつれ視界がぼやける。目には知らぬ間に涙が溜まっていた。

足早にバス停を目指す人の中、俺は一人その場に立ち尽くした。

その横をバスがブオーンと通り抜けた。

翌週、俺は住み慣れた居心地の良い1LDKのマンションを捨て、隣の県へ引っ越した。俺のことを誰も知らない街へ行きたかった。

六畳一間の安アパートに住み、近くのコンビニでアルバイトを始め、人生をリセットした。

その後、何度かバスに乗ってみたがやはり同じように息ができなくなる感覚に襲われた。それが続いたが病院へは怖くて行けなかった。

どういうわけかバスにさえ近づかなければ発作のようなものは起こらなかったため、駅に近い今の部屋では特に不自由なく生活を送ることができた。

それからはずっとバスを避けて生活してきた。

「さすがにもう治っているかと思ったけど、甘かったね」

問題は自分で思っていたよりも根が深かったようだ。

力なく笑う俺の傍らで、ミヤビはずっと黙っていた。

それからずっと心の中がドロドロしたもので埋め尽くされていた。

悪いのは誰だ。

犯人を間違った女子高生？　間違われるようなところにいた俺？　痴漢した真犯人？　示談に応じろといった会社？　冤罪を認めてしまった俺？　信じてくれなかった彼女？　真犯人が捕まっても何もしてくれなかった会社？　冤罪がわかっても会ってもくれなかった彼女？　やっぱり最初に間違った女子高生？

堂々巡りを繰り返し、最後の答えに行き着くことを拒否していた。

本当はわかっていた。

「一番の問題は、最初から最後まで誰にも信じてもらえなかった俺自身にあるんだ」

チラリとミヤビに視線をやると、ミヤビは悲しそうな目で俺をまっすぐ見ていた。

——俺はどうすれば、誰かに信じてもらえる？

ずっとその思いが胸の中に残った。

「けどそのことをずっと認めたくなくて、気がつかないフリをしてた」

認めるのが怖かった。今までの自分の人生を全否定してしまうことが怖かった。

それからはただ真面目に、地道に、人から嫌われないように、気を遣って生きた。

「それは違うッスよ」

しばらく黙っていたミヤビが口を開いた。

「修司さんが信用してもらえなかったワケじゃないッスよ。修司さんの周りの人は、みんな考えることを放棄したんス。人間は流されるんスよ。考えることを放棄して意見の多いほうに流されて行くんです。そのほうがラクですからね。修司さんの元カノさんも上司の人もみんな、流されたんス。人間は……」

ミヤビは一旦、言葉を区切ると何かを飲み込むように口を噤んだ。

そして顔を上げ、俺を見た。

「人間は考えることを放棄した瞬間、人間ではなくなるんスよ」

その目に俺はドキリとした。別人のようなミヤビがそこにいた。

まるでいかにも人間ではなくなった人を見たことがあるかのような言い方だった。

空気に呑《の》まれ黙った俺に、ミヤビは「オレだってたまにはマジメなこと言うんスよ」といつものように笑った。俺もまだドキドキしている鼓動を隠し、少し笑い返した。

「痴漢の冤罪なんて宝くじに当たるような確率の悪いことが起こったんだから、今度は宝くじに当たるくらいの確率の良いことが起こるんじゃないかと思ってさ。実際三パーセントの中に入れたんだから、あながち間違ってなかったってことかな」

ミヤビは笑みを浮かべたまま鼻をクシャっとして言った。

「修司さんは強いッスね」

その言葉は、俺の心のドロドロをじんわりと温めてくれた。

「先日は大変ご迷惑をお掛け致しました」

本社の最上階にある一番奥の部屋で俺は90度にまで腰を折り曲げた。

「あれ？ 今日はスーツなの？ 東條先生に関わる人は、大抵スーツは着ないんだけどねえ」

社長は普段と変わらない様子だった。

「本日は、社長にご挨拶をと思っておりましたので……」

俺は頭を下げたまま言った。

「面接試験って言うとどうしてみんなスーツで来るのかなあ」

「はっ？」

思わず顔を上げ、社長を見上げた。

「修司くん、確か面接の日は普段着で来たよね？」

「はい……」

社長の意図がわからないまま腰を起こすと、社長は手を顎にやるいつものポーズで首を傾げた。

「あれねえ……みんなどうして面接にスーツ着て来ちゃうのかねえ。修司くんはどうして普段着で来たの？」

「あ……電話で……動きやすい服装でと言われまして……」

「そうだよねえ。全員に言ってるんだよ？　それ。でもほとんどがスーツで来ちゃうんだよなあ。困ってるんだよね。どうすればみんな普段着で面接来るようになるかなあ」

「ええと……募集欄に面接は普段着で来るよう明言するとかですかね」

「それで本当に普段着で来るかねえ。それに、そんなこと明言しちゃったら怪しげな会社と思われない？」

社長、今でも十分怪しいですよ。『ヒーローはキミだ！』とか詐欺サイトみたいな文句で……。

「大丈夫じゃないですかね」

「修司くん、ビキニって好き？」

「は？」

思わず高い声が出てしまった。

「ラバーズビーってブランド知ってる？」

「いいえ……」

「ダメだねえ。そんなんじゃモテないよ？」

「すみません……」

「冗談だよ。僕が今一番手を掛けているブランドなんだよ」

「そうだったんですか！　すみません、不勉強で」

俺は「しまった」と眉をひそめた。

「ビキニっていくらくらいするか知ってる？」

「ええと、五……七千円くらい……？」

「ダメだねえ、修司くん。そんなんじゃモテないよ」

「すみません……」

本当のことをあまり何度も言わないでほしい。

「うちの娘が中学生のときに初めて買った水着が一万七千円だったよ」

「そんなにするんですね！」

俺は驚いて声を上げた。

「それでも安い方だったよ。びっくりするよね。そのうえ、海で着るパーカーとビーチサンダルと全部合わせたら三万円弱したんだよ。高すぎるよね！　もうびっくりしたよ！　だから、海外の安い水着を日本でも買えるようにしようと思ってさ。可愛いビキニ着た子が海辺に増えたら修司くんも嬉しいでしょ？」

「そ、うですね……」

ここは素直に答えていい場面なのか、一瞬迷ってしまった。

社長は気にせず続けた。

「女の子は可愛い水着が安く買えて嬉しい、男は可愛い水着を着た女の子が増えて嬉しい。みんな幸せだよね。そう思わない？」

「はい……」

「海外に買い付けに行くとさあ、上下バラバラでビキニ売ってるんだよね」

「はあ……」

「海でも蛍光色みたいなカラフルなビキニを上下バラバラで着たりしてるの。それが凄くかっこよくてさ。日本では上下バラバラのビキニ着てる子なんてほとんど見たことなかったから衝撃だったの。まあそもそもトップレスな人が多かったのはもっと衝撃だったけどね」

それってもしかして……

「ヌーディストビーチだったのでは……」

「そうそう！　後でそういうビーチがあるんだって知ってさあ。もう衝撃を受けたよ」

社長は「ははは」と豪快に笑った。

「でももっと衝撃を受けたのは、そこに日本人の女性がいるってことなんだよね」

驚いた顔をした俺に社長は目をまん丸に広げて言った。

「ありえないでしょ⁉　トップレスで浜辺にいるとか。でも聞いてみると海外だから良いのだと。周りの人がみんなトップレスだから気にならないのだと」

「その女性に話かけられたんですね……」

よく通報されなかったな。

「違うよ！　修司くん、今僕を軽蔑の眼差《まなざ》しで見たでしょ！」

「いえいえ！」

表情に出てしまったかと、俺は慌てて大きく首を振った。

「さすがにその場で話かけるのはスマートな行いじゃないなあと思ったから、ちゃんと彼女たちが服を着て帰るのを待ってから後ろから追いかけたんだよ」

それはそれで余計にストーカーっぽいのですが……。

「それなら大丈夫ですよね」

俺は作り笑いをした。

「でも最初は凄く気味悪そうな目で見られたよ」

やっぱり。「叫ばれなくてよかったですね」といった後でハッとした。

心の声を間違えて口に出してしまった。社長は俺の発言をべつだん気に留める様子もなく続けた。

「海外に行くとさあ、いや、行かなくてもいいんだけど」

「はい」

聞こえなかったのだろうか。俺は心の中で「よかった」と呟いた。

「日本に旅行に来てる海外の人でもいいんだけど、やたらとTシャツじゃない。秋でも冬でも一人我慢大会してるのかってくらいTシャツと短パンだったりするじゃない。それ寒くないの？　って思わない？」

「はあ……」

今度は一体何の話だろう。

「僕最初、荷物になるのがイヤで寒いの我慢してるのかと思ってたんだよ。でもあれ、そもそも日本人とは体感温度が違うらしいね」

「そうなんですね」

「だから、ただ体感温度に合わせてラクな服着てるだけなんだよ。理に適《かな》ってるよね」

「はあ……」

俺はもうバカみたいに口を半開きにしたままだった。

「なにが言いたいかっていうとさ」

社長はその場でうろうろと歩いていた足を止めた。

「日本人はものすごく服装を含めて周囲を気にするんだよ。周囲と同じかどうかを気にするの。寒くても暑くても我慢して周りに合わせちゃうの。その服装が合理的かどうかなんて考えないんだよね。だから面接ってものには何を言われてもスーツ着て来ちゃうんだろうね。それが正解だと思ってるんだろうね」

社長は手を顎にやってうんうんと頷いた。

「なんとなくわかったよ。ありがとう修司くん」

「あっいいえ。お力になれずすみません。なにも良い提案をできなくて」

どうやら社長の疑問は解決されたらしい。

「話聞いてもらえるだけでもありがたいことだよ。修司くんはあんまり僕におべっか使わないから話しやすいんだよね。ま、うちの会社には僕におべっか使う人はいないんだけど。ガチガチで『かしこまりましたあ！』とか言われたらちょっと引いちゃうじゃない？　ほら、僕理系だから。体育会系のノリ苦手なんだよね」

「それ、わかります。僕は文系ですけどそのノリはどちらかというと苦手なので……」

いったい俺は今社長と何の話をしているのだろう。

謝罪と正採用辞退に来たはずだったのに、笑顔で雑談をしている場合ではないのではないか。開口一番謝罪したつもりだったが、どこからこうなったのか。

「あっそういえば、修司くん。遅くなったけどコレ」

社長が小さな箱を差し出した。

「これは……？」

「名刺ってさあ、意外と刷るのに時間かかるんだよねえ。やっと届いたよ」

驚いて小さな箱を開けると、そこには俺の名前が印刷された名刺が入っていた。

『田中修司』という名前の横には、東條先生があのとき描いてくれたイラストが入っていた。

そしてその似顔絵からは吹き出しで『特徴のない顔と名前ですみません』というセリフが。

「東條君がデザインしてくれたんだ。スペシャルだよ。デザイン費はうちからの入社祝いってことで」

胸が熱くなった。

「社長、僕……もしかしたらまたご迷惑をお掛けする可能性も……」

「バスに乗らなきゃいいんでしょ？　大した問題じゃないよ」

「でも……」

「東條君が作ってくれた名刺を無駄にするわけにはいかないでしょ？」

俺は手のひらにある名刺をじっと見つめた。

「申し遅れましたが、私、野《の》宮欣二《みやきんじ》郎《ろう》と申します」

社長が腰を折り曲げ、俺に名刺を差し出した。

俺は慌てて、ケースから自分の名刺を出すと「田中修司と申します」と社長に差し出した。

社長は俺の名刺を受け取り「じゃ、これからもよろしくね」とニッコリ笑った。

「……はい。よろしくお願い致します」

再び目をやった自分の名刺の似顔絵は、なんだかぼやけて見えた。

みんなが集まる部屋に戻ると、道野辺さんが音もなく近づいてきた。

「お話し合いはいかがでしたか？」

俺は笑顔で道野辺さんに向き合った。

「社長って何かに似てると思ってたんですけど、やっとわかりましたよ」

「なんでしょう？」

道野辺さんもいつも通り微笑んだ。

「ドラえもんだ」

道野辺さんは一瞬、目を大きく見開いた。

「それはそれは。社長が耳にされたらきっと……」

そしてめずらしくニヤリとした笑みを浮かべてこちらを見ると、軽く片目を瞑《つむ》ってみせた。

「お喜びになります」

俺は「俺もいつかこんなさりげなくウインクできるようになりてえなあ」などとどうでも良いことを頭の隅で考えていた。

STEP3

成功への近道

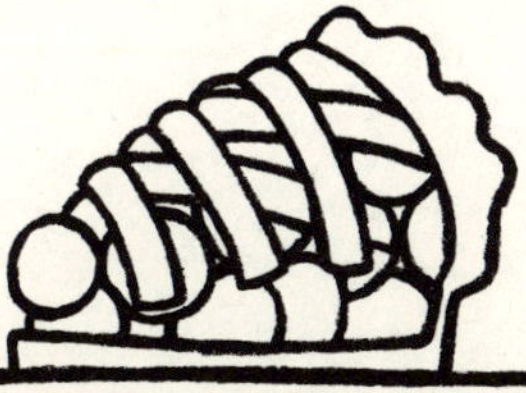

待ち合わせの時間にはまだ五分あった。

事務所のドアを開けると、奥のソファにはすでに依頼人らしき人物の後ろ姿があった。

「すみません、お待たせ致しまして」

急いで彼女の前に回り込み、深くお辞儀をしながら名刺を手渡した。

「私、ヒーローズの田中修司と申します」

依頼人は足を組んでソファに座ったまま名刺を受け取り、大きなサングラスに手を掛け、それをおもむろに外した。

その顔を見て、思わず声を上げそうになった。

そこには今をときめく清楚派の若手女優、多咲真生《たさきまい》の姿があった。

「わたしと遊んで」

「はっ⁉」

「周りの人に絶対バレないように、二週間わたしと遊んで」

多咲真生はなぜかとても不機嫌そうな顔で言った。

「どうしてこの事務所、エレベーターがないワケ？」

埃をまき散らしながら多咲真生は一歩一歩階段を踏みしめた。

「すみません……なんせ古いビルで……」

「古すぎるわよ。手すりなんて取れそうじゃない」

多咲真生は汚れで黒くなった手のひらを見た後、じろりとこちらを睨んだ。

「歩きやすい靴で来い、なんて電話でおかしなこと言うと思ったわ」


事務所からほど近いところにひっそりとある、いわゆる隠れ家的な薄暗い喫茶店の中で俺たちは一息ついた。

「なるべく印象に残らない人ってお願いしたのよ」

アイスティーを飲みながら多咲真生はぶっきらぼうに言った。

「ヒーローになりたいのではないんですか？」

「ヒーローになんてとっくになってるわよ。てゆーかヒロインね」

真顔でそう言うと、彼女は手持無沙汰を紛らわすように飲み切ったグラスをストローでカラカラかき回した。

「だから、普通の人みたいに遊びたいの。普通にショッピングして、今流行りのアメリカンパイのお店だってまだ行ったことないわ。三時間おしゃべりしながら並んでカロリーの塊みたいなおいしいパイを気兼ねなく食べるの」

言いながら彼女は水の入ったグラスを手にした。よっぽど喉が渇いていたらしい。

「デートスポットでイルミネーションを見て、ケータイカメラに収めて、寒いねって缶コーヒーで両手を温めながら歩くの」

「今はまだ夏ですよ……」

「この会社は何だってしてくれるんでしょ？　じゃあ雪でも何でも降らせてみてよ」

「それはいくらなんでも……」

苦笑いの俺にかまわず彼女はペラペラしゃべり続けた。

「不自由で仕方ないのよ。町中の人がカメラマンみたいに携帯構えてるんだもの。しかも業界人じゃないから余計タチが悪いの。暗黙のルールもなにも通用しやしない。写りが悪かろうがスッピンだろうがおかまいなし。あっという間に世界に発信」

「具体的にはどうすれば……？」

「あなたのその全くないオーラでわたしを包み込んで、一般人に溶け込ませてよ」

それも無理な相談だと思った。足元はスニーカーとはいえ八頭身はありそうなスタイル、顔を隠すほどのつばの広い帽子にサングラス。どこからどう見ても一般人には見えない。

「とにかく、まずはそのアメリカンパイの店に行きましょうか」

写真などを撮られないよう、俺は多咲真生の少し後ろを歩いた。

しばらく行くと通りに面したペットショップに彼女が目をやった。

まだよちよち歩きの子犬がガラスケースに両前足を掛けて、興味深そうに道行く人を見ていた。

「可愛いですね。犬、好きなんですか？」

俺は周囲に聞こえないよう小さな声で彼女に尋ねた。

「犬はね。でもペットショップは大嫌い」

「そうなんですか……」

難しい人だな。この先が思いやられる気がした。


「それで、どうなったんスか？」

ミヤビはニヤニヤした笑みを浮かべながら訊いた。

「行列に並ぼうかと思ったけど、やっぱり恰好がハデすぎるし、その後スカイツリーに昇りたいなんて言うから行ってみたら人が多すぎて……。結局、スカイツリーの周りをうろうろしてたら怒って帰ったよ」

ミヤビはケラケラ笑った。

「罵声は浴びせられるし、ずっと機嫌悪いしでもう散々。あんな人だと思わなかった」

テレビでは清純派を気取っていかにも優しそうに笑っているくせに。

俺の多咲真生に対する好感度は地を這《は》っていた。けどそれはきっと向こうも同じ思いだろう。

「何回『使えない！』って怒鳴られたことか」

「多咲真生に罵倒されるなんてラッキーじゃないスかあ」

相変わらずミヤビはニヤニヤしていた。

「俺は優しい子が好きなの！」

明日も朝から『デート』ならぬ『接待』だ。

さすがに少しは勉強しようと帰りに本屋に寄った。

デートスポットがたくさん掲載されている雑誌と、その後ろに『モテるための秘儀』という雑誌を隠し持ってレジに並ぶと、レジの可愛い店員さんは雑誌をくるりと裏返し、俺は『モテるための秘儀』の表紙を飾るちょいワルおやじに見つめられながら俯いて会計を済ませた。

翌日の天気は快晴だった。

俺は多咲真生に、日傘を持って、あえてサングラスはせずメガネで、帽子ではなくショートカットのウィッグをしてくるようにメールをした。服装は体を隠せるロングスカートと、腕を日焼けしないためにUVカットの長袖パーカーを羽織って、とも付け加えた。

この辺りのアドバイスは昨日ミヤビがしてくれたものだった。ウィッグもミヤビが用意したものをバイク便で届けた。印象を変えるには髪型を変えるのが一番、とミヤビは自信ありげに言った。

約束の場所に現れた多咲真生に俺は驚いた。

彼女のトレードマークでもある黒髪のロングヘアが茶髪のショートヘアになっただけで、ガラリと印象が変わっていた。これなら確かに多咲真生とは思われないだろう。

その他のアイテムの効果も相まって多咲真生は一般人に紛れ込んでいた。

中でも日傘は、低く持てば自然に顔を隠すのにはもってこいのアイテムだとミヤビは言ったが、確かにその通りだった。

しかし彼女の不機嫌さは昨日にも増しているように思えた。

アメリカンパイの行列に並んでいる間、多咲真生はずっと苛々したように、スニーカーを履いた足でトントンと地面を叩いていた。

「信じられない。本当に三時間も並ぶ気なの」

自分で並びたいって言ったくせに……。俺は途方に暮れながらただ、早く席が空くことを祈った。

祈りが通じたのか、二時間半後ようやく席に案内された。

「長澤《ながさわ》監督の最新映画があるのよ」

多咲真生はメニューを見ながら言った。

「絶対に主演を摑みたいの」

「わかりました。それがあなたの依頼ですね？」

「違うわ。早まらないで」

そのときウェイトレスが注文を取りにきた。俺たちは一番人気のチェリーパイとアイスコーヒーをそれぞれ頼んだ。

「役はオーディションで決まるのよ」

ウェイトレスが去って、オシャレな形のグラスを手にし多咲真生は喉を潤した。

「こんなに売れてもまだオーディションやるんですね」

「普段はしないわ。事務所が仕事を取ってくるもの。でも今回はオーディションよ。事務所の力なんて関係ない。長澤監督の目にかなうかどうか、ただそれだけ」

「それで、僕は何をすれば……」

「わたしに何が足りないか言って」

彼女の真剣な表情に押され、思わず言葉に詰まってしまった。

「足りないもの……なんでしょう……」

「ハッキリ言ってよ」

「本当にわからないんです。今のあなたはこう、なんというか、凄く、まぶしいくらい輝いていますから。足りないものと言われても、正直、思い当たりません」

「そう……」

アイスコーヒーが運ばれてきた。それを飲んだ彼女は一瞬眉をしかめたような気がした。

「わたしには心当たりがあるの」

「なんでしょう？」

「普通の感覚」

「普通の……」

「十二でこの世界に入って、下積み時代を経てここまで来たわ。同世代の役者の中では演技だって負けてないと思う。けど……」

「けど……？」

「一番忙しかったのは高校生の頃よ」

「あの学園ドラマに出てからですよね？」

「そう。あのドラマがヒットして、それからとんとん拍子に人気女優の仲間入りした」

「本当に寝る間もないほど忙しかった」

「だから、知らないの。普通の高校生の生活を。普段、大学生がどんなことしているのかも。就活の辛さも、わたしと同い年の新入社員がどんな気持ちで働いているのかも何も知らない」

「普通でいようと思うのがもう普通じゃないのよ」

「でもそれを表現するのが役者でしょ？　自分ではやってるつもり。でもやっぱり何か足りないの。だってわたし、たかがパイのために三時間も並ぼうと思えないもの。ペットショップだって、普通の女の子は大好きでしょ？　お金がないから欲しい服を我慢する、なんて経験もう何年もしてないわ。全て手に入る。だから、パイ一つに三時間並ぶ気持ちを知りたかったの。三時間ずっとワクワクしていられるその純粋な心が欲しかったの」

そのとき焼きたてのチェリーパイが運ばれてきた。横にはバニラアイスが添えられている。

それを一口食べて多咲真生は少し驚いた表情を見せた。

「思ってたよりおいしい……」

「二時間半待ったかいがありましたか？」

「うん……」

そう呟くと彼女は一心不乱にパイを食べ続けた。

あっという間にお皿を空にして、アイスコーヒーのグラスを持ち上げた。

そして、グラスを持ったまま、少し止まった。

「どうかしました？」

「本当はブラックコーヒーも嫌い」

そう言うと、多咲真生はグラスをテーブルに戻した。

「あ、シロップとクリーム入れます？」

「カフェオレが好きなの」

「そうなんですか……」

ならどうして頼まなかったのだろう。

「でもカフェオレは牛乳を使っているからカロリーが高いの。ブラックならほぼゼロカロリー」

そういうことか。

「ダイエットですか？　今でも十分細いのに」

「ダイエットなんかじゃないわ。年中そうやってるのよ。少しでもカロリーを減らせるように。今日は気にせず好きなものを食べるつもりだったのに……癖で頼んじゃった」

多咲真生は悔しそうに眉間に皺《しわ》を寄せた。


チェリーパイを堪能した俺たちは再び外に出るとあてもなく歩き出した。

「どこ行きましょうか……」

結局のところ、依頼は何なのだろう。普通の感覚を得るために普通の生活がしたいと言っても、彼女の求める普通がわからない。

「人が多いところ」

「それは危険ですよ……」

「それをバレないようにするのがあなたの仕事でしょ？」

そりゃそうだけどさ……。

俺はバレないように溜息をつき、次の場所を提案した。

お台場《だいば》に行こうと駅を目指し歩いていると、いつもの交差点に差し掛かった。ヴィジョンには今日もまた、トントンの宣伝が映し出されていた。

東條先生は元気にしてるかな。ヴィジョンの中でぎこちなく笑う彼を見ながら横断歩道を渡り切ると、ふと電柱の張り紙が目に入った。

「どうしたの？」

立ち止まった俺に彼女が話しかけた。

「いや……今どき珍しいなって思って……」

『このハンカチの持ち主を探しています』

個人情報の保護が叫ばれる中、たかがハンカチの持ち主を探すために電話番号まで記載された紙が、電柱に貼られていた。落とし物を拾ったのだろうか。よほど特別なハンカチだったのか。

「ほんとね。電話番号まで書いてある」

「変わった人がいるもんですね」

そのときはそれ以上考えることもなく、俺たちは駅へ向かった。


「女優さんって凄いですよね」

お台場の観覧車の中で、間を埋めるように俺は積極的に彼女に話しかけた。

「何が？」

多咲真生はこちらにチラリとも目をくれず外の景色を見ていた。

「だって自分にしかできない仕事じゃないですか」

「誰にだってできるわよ。バッターボックスに立ってホームラン打てなんて言われるわけじゃないんだから」

彼女はそっけなく答えた。

「俺にはできませんよ……。カメラの前で笑えとか泣けとか言われても、ホームラン打つのと同じくらい難しいです」

「死ぬ気になれば下手《へた》クソなりにできるわよ。ただ、死ぬ気になっても売れないってだけで」

「でも売れたじゃないですか。なら、プロのスポーツ選手と同じように、自分にしかできない仕事ですよ」

「そうかしら。わたしが明日この世界から引退したって、何もなかったように世界は回るわ。わたしのために用意された役だって他の女優が演じるわ。まるで最初から自分のために用意された役のように、堂々と演じるわ。わたしが逆でもそうするもの」

「でも悲しむファンはいます」

「そうね。それでも、彼らは生きていくわ。きっとすぐにわたしのことなんか忘れて、新しい女優を応援するわ」

彼女はフッと吐息を漏らした。

「誰にだって〝替わり〟がいるの。あなたが言ったプロのスポーツ選手だってそう。誰かが怪我をすれば他の誰かが試合に出る。唯一無二のものなんてこの世にはないのよ」

彼女はそう言ったきり、少し黙った。

「…………もうなってるって言ったでしょ」

「え？」

「ヒーローに」

「あ、はい。てゆーかヒロインですね」

鋭い視線が飛んできて、俺は首をすくめた。

「……すみません」

「本当はまだなってないの」

「もう十分じゃないですか」

「中途半端なのよ」

彼女は眉間に皺を寄せた。

「どこがです？」

「あなた家族構成は？」

急な質問に戸惑いながらも俺は答えた。

「え？　父と母と……あと祖父もいます」

「いくつ？　おじいちゃん」

「あっともうすぐ九十かな」

彼女は目を丸くした。

「凄いわね」

「そうですね」

　俺は少し誇らしく微笑んだ。

「あなたのおじいちゃん、わたしのこと知ってるかしら」

「いやあ、テレビとか見るのかなあ……」

「ね？　知ってるって即答できないでしょ？」

「それは、だって九十歳のじいちゃんだしさすがに……」

「聞いてみて」

「え？」

「今すぐに電話でわたしのこと知ってるか聞いてみて」

「いま……？」

「いまよ。早く！」

　俺は慌てて「はい！」と携帯を取り出した。

「あ……母さん？　あの、いやどうもしてないんだけど……。あの、急なんだけど多咲真生って知ってる？　うん、多咲真生……あの、ほら、最近だとあの金曜のドラマに出てたでしょ？　母さん見てなかった？　……そう！　その人！　知ってるよね！

やっぱり！」

俺は多咲真生のほうを見て、グッと親指を立てた。彼女は仏頂面のままだった。

「あ、じいちゃんは知ってるかな？　多咲真生……。あっそうだよね……ドラマ見ないもんね……」

恐る恐る彼女を見ると、口パクで「お父さん！」と言っているのがわかった。

「あ、ちなみにお父さんは……え？　ああ、そうだよ。ちょっとアンケートっていうか、会社の調査で……うん。ああ、そうわからない……でもドラマ見てたよね？　あ、見てなかった？　その時間はお風呂……そう。……え？　いや、いいよ別に。そこまでは大丈夫。うん、ありがとう。とりあえず、ちょっと今急いでるから……え？　ああ、また電話するから、じゃあとりあえず切るね」

電話を切ってふうと溜息をつくと、多咲真生はポツリと呟いた。

「三分の一か……」

俺は慌てて言った。

「いや、父さんも知ってると思う！　直接聞けなかったから、たぶん顔とか見たら絶対わかるはず……！」

多咲真生は無言のまま、またじろりと俺を睨んだ。

そして外の景色に視線を移した。

俺は何とフォローしていいのかわからず、ただ黙っていた。

「わたしだって……」

しばらく沈黙した後、彼女はそれだけ言って、またしばらく口を噤んだ。

観覧車から見える景色は夕陽に照らされ美しく色づいていた。

「いまだに毎晩のように思うの。わたしだって、まだ誰かの〝替わり〟かもしれない」

夕日が差し込む彼女の横顔には、悔しさと哀しさが透けて見えた。


予約しておいた個室の店で早めの夕食を済ませ、無事に誰にもバレることなく店を出た後俺たちは並んで歩いた。

「そろそろ帰りますか？　タクシー呼びますね」

「はあ？」

彼女の表情が険しいものに変わった。

「え？」

俺は驚いて彼女を見つめた。

「もしかしてタクシーに乗せて一人で帰らせる気じゃないでしょうね」

「ダメ……なんですか？」

窺《うかが》うように恐る恐る尋ねた俺を、彼女は呆れたような顔で見ていた。

「あんた彼女いる？」

「……いません」

「やっぱり」

多咲真生は、はあーと明らさまな溜息をついた。

「……すみません」

「タクシー降りたところでファンが待ってたらどうするのよ」

「そんな大袈裟な」

「……やっぱり無理」

「え？」

「やっぱりあんたじゃ話にならない。明日は他の人に変えてもらって！」

「ちょっと待ってください！　わかりました、ご自宅の前までお送りしますから」

彼女は不機嫌さを全面に出した表情で俺に視線をやった。

「なに嫌々言ってんのよ」

「嫌々なんて言っていません」

「わたしを自宅まで送れるなんて凄いことよ。もっと喜びなさいよ」

「……やったあ……」

小さくガッツポーズをした俺を見て、彼女の視線が突き刺すようなものに変わった。

「……あんた、わたしのこと馬鹿にしてんの？」

「してませんよ……」

俺はただただうなだれていた。

せっかく今日一日うまくいったと思ったのに。

「ま、いいわ。さっさとタクシー呼びなさいよ！」

多咲真生はプイッと俺に背を向けた。

タクシーに乗って行き先を告げて彼女は口を噤んだ。

彼女のその機嫌の悪さに、どうしてこうなってしまったのだろうと落ち込んだ。

俺たちは重苦しい空気の中、ただ黙ったまま前を見ていた。傍から見たらきっと痴話喧嘩した後のカップルのようだったに違いない。

タクシーが自宅に着く直前、突然彼女が口を開いた。

「早く完璧なヒーローになりたいの」

「え？」と尋ねた俺に、彼女は「なんでもない」と答えた。

「無事に部屋に入ったらメールするから、そうしたら帰っていいわ」

彼女はそう言い残すとタクシーから立ち去った。

俺はタクシーを待たせたまま彼女からのメールが来るのを待ち、『ごくろうさま』というたった一言のメールを確認してから帰路についた。

——早く完璧なヒーローになりたいの——

彼女が帰り際に言い残したその言葉が、帰りのタクシーの中で頭をぐるぐると回っていた。


本社へ戻るとミヤビが「待ってました」と言わんばかりに走り寄ってきた。

「今日はどうだったスか？　楽しかったッスか？」

相変わらずニヤニヤした顔でミヤビが言った。

「全然……」

「あれ？　バレちゃったんスか？」

「バレなかったけど、いつバレるかずっとヒヤヒヤしっぱなしだし、正直楽しむ余裕まではなかったよ」

ミヤビは「ああー」と大袈裟な声を出した。

「そりゃダメっスねえ。デートは自分がまず楽しまないと。相手も楽しんでくれないッスよお」

「わかってるよ……」

「人選ミスっスかねえ」

「ミヤビまでそんなこと言う⁉」

思わず大きな声を出した俺に、ミヤビはまあまあ、と手で諌《いさ》めるジェスチャーをした。

「他の誰かにも言われたんスか？」

「多咲真生本人に言われたよ。明日は別の人を呼べって」

「じゃあ、次は俺も一緒に行きますよ！　グループデート的な？」

「お前はダメ」

「なんでッスかあー」

「目立つから。彼女は目立ちたくないんだから」

「わかってないッスねえー」

ミヤビはチッチッチッと人差し指を左右に振った。

「木の葉を隠すなら森の中って言うでしょ？」

「木の葉？」

「オレが多咲真生のオーラを消してやりますよ」

そう言ってミヤビは得意げにニヤリと笑った。


翌朝、俺は多咲真生に会う前に何かアドバイスをもらおうと道野辺さんを喫茶店に誘った。

モーニングセットを二人分注文し、当たり障りのない会話から始めた。

「最近の東條先生のご様子はいかがですか」

道野辺さんは今日も上品に微笑んでいた。

「ええ、順調ですよ。修司くんが初めて依頼人を受け持ったと知って喜んでおられました。そちらの依頼はいかがですか？」

「実はそのことなんですが……少しご相談というか道野辺さんのご意見を伺いたくて……」

　俺は多咲真生に言われたことを話した。

「彼女言ったんです。この世には唯一無二のものなんてない。わたしは誰かの〝替わり〟かもしれないって」

　道野辺さんはコーヒーカップを手に、考えるような表情を見せた。

「俺、なんて答えてあげたらいいのかわからなくって……」

　道野辺さんはカップを机に降ろすと、静かに口を開いた。

「そうですね。それは物事の真理かもしれません」

「そんな冷たいこと言わないでくださいよ」

「でも、実際そうなのですよ」

　俺は釈然としない気持ちで尋ねた。

「じゃあ、唯一無二の人なんて世界にいないってことですか？」

　道野辺さんは落ち着いて答えた。

「いいえ、私は世界中の全ての人が唯一無二だと思っています」

「……どういう意味ですか？」

「例え双子だったとしても、ＤＮＡが同じだったとしても染色体が同じ人間は存在しませんからね。人間というのは唯一無二の存在なのだと思いますよ」

「でも……誰もが誰かの〝替わり〟でもあるんですよね？」

「全ての人が誰かの〝替わり〟になり得る存在であるのと同時に、全ての人が〝唯一無二〟の存在でもある、と私は思うのですよ」

俺はしばらく真剣にその意味を考えてみた。結果、よくわからなかった。

「なんか、哲学みたいですね……」

「修司くんは哲学が嫌いですか？」

「哲学が好きか嫌いかなんて考えたこともありません」

俺が苦笑いすると、道野辺さんもニッコリ笑って「私もですよ」と言った。


「みんなが何かの天才に生まれてきたら、苦労せずに成功を収められるのになあ」

運ばれてきたモーニングセットのトーストをかじりながら、俺はなんとなしに言葉を発した。

「天才とは努力をする秀才のことである」

道野辺さんはトーストにジャムを塗る手を止めて言った。

「それは誰の言葉ですか？」

「さあ、誰だったでしょうか」

再びジャムを塗る手を動かしながら、道野辺さんは静かに言った。

「もし成功への近道があるとするならば、方法はただひとつです」

「それはなんですか？」

俺はテーブルの上に身を乗り出すようにして尋ねた。

「遠回りをすることです」

道野辺さんはキレイにジャムを塗り終わったトーストを片手で持つと、ニッコリ笑った。

「成功への唯一の近道は、遠回りをすることです」

「お迎えに上がりました」

多咲真生のマンションの下でタクシーを降りて電話をすると、彼女は愛想なく「わかった」とだけ言いプツリと電話を切った。

「今日は映画観に行く」

大きなサングラスとマスクで顔を隠した彼女はタクシーに乗り込むなりぶっきらぼうに言った。

「その前に、ちょっと寄ってほしいところがあるんですよ」

「どこ？」

「うちの本社です」

彼女の声は不機嫌さを増した。

「なんで」

間髪を入れずに彼女が声をかぶせてくる。

「会ってほしいヤツがいるんです」

「誰よ」

もはや一言以上しゃべる気もないらしい。

「まあ、それは会ってからのお楽しみということで……」

サングラスの下で恐らく鋭い眼差しを俺に向けているのだろう。彼女「はあ」と声に出して溜息をついた。

「ったく……さっさとしてよね」

ブツブツ文句を垂れる多咲真生と俺を乗せて、タクシーは本社へと向かった。


「うわー！　マジで多咲真生じゃないッスかあー！　すげーホンモノ！」

サングラスを外した多咲真生がジロッと俺を睨んだ。

俺は慌ててミヤビを制した。

「ミヤビ！　ほら、早く要件を……。コイツこう見えても凄く腕の良い美容師なんですよ」

多咲真生は一言も口をきかずに明らかにムスッした表情で俺を睨み付けていた。

まずい。怒ってる……。

「あの、今日は出かける前に多咲さんのオーラを消して動きやすくしようと……。なっミヤビ！」

「つーか、マジ肌キレイッスねえー。毎日手入れ大変でしょうねえ」

ミヤビは顔を近づけしげしげと多咲真生を見つめて言った。見ていた俺は彼女がいつキレるかとヒヤヒヤした。

「じゃ、とりあえず、そこ座ってもらってー」

そう言ってミヤビは多咲真生をなかば無理矢理、大きな鏡の前の椅子に座らせハサミを手にその後ろに立った。

「ちょっと！　何する気よ！」

「まあまあ」

「ハサミ置きなさいよ！　わたしの髪を一ミリでも切ったら訴えてやるから！」

「まあまあまあ。でも前髪、邪魔じゃないッスか？　せっかくの綺麗な目にかかっちゃ台無しッスよー」

「伸ばしてる途中なのよ！」

「伸ばすなら伸ばすでもうちょい後ろに流したほうがいいッスよ。今だとほら、ちょっと動くと目にかかって……」

「ほっといてよ！　わたしのスタイリスト誰だと思ってるのよ！　あの松原一陽《まつばらいちよう》よ！」

「あー松原さん昔お世話になったんスよお。でも保証しますよ。オレ、松原さんよりは絶対腕いいッスから」

「はあ？」

ミヤビは両サイドの髪を少しずつ前に引っ張って並べるように鏡に映した。

「二週間前にハサミ入れてるッスね？」

「確かに切ったけど……」

「ほら、もう左右の長さが一センチずれてんスよ。ちゃんとミリ単位で揃えて切ったらまだ揃ってるハズの期間なのに」

「あの、ほんとうにコイツすごい美容師なんです。うちの社長が惚れ込むくらい腕は良くって」

「……前髪だけよ。絶対短くしないでよ！」

「了解ッスー」

ミヤビは嬉しそうにニッコリ笑った。

「……どうッスか？　長さは変えてないッスよ？　ただ後ろに流れるように切ったから目が綺麗に見えるっしょ？」

ミヤビは鏡越しに多咲真生に話しかけた。

「……悪くはない」

多咲真生は相変わらずの仏頂面のまま答えた。

「よかったッスー」

ニコニコ笑うミヤビに、多咲真生はくるりと椅子を回転させると声を荒げた。

「ってゆーか、なんなのよコレ！　わざわざ前髪切るためにここに呼んだの⁉」

「いやいやー。オレも今日のデートに混ぜてもらおうと思ったんスよお。ほら、昨日はあんまり楽しめなかったみたいだし」

「思ってた以上におたくの社員が使えないからでしょ」

多咲真生から送られる冷たい視線に、俺は苦笑いを返した。

「だから、今日はその穴埋めってか、俺に一日プロデュースさせてくれません？」

ミヤビは一切多咲真生にひるむことなく、馴れ馴れしく話しかけた。この根性は見上げたものである。

「意味わかんない。帰る！」

多咲真生は椅子から勢い良く立ち上がると、出口へ向かった。

俺がただオロオロとミヤビと彼女を交互に見つめていると、ミヤビが口を開いた。

「もし、満足いかなかったら、契約料破棄にしていいッスよ」

ドアの前で足を止めた多咲真生がくるりと振り返った。

「本気で言ってるの？」

「超マジっスよー」

多咲真生はしばらくそのミヤビの笑顔を見てから「それならいいわよ。一日だけなら」と了承した。

まさか了承すると思っていなかった俺は驚いた。

ミヤビは満面の笑みでVサインを出した。

「了解ッスー！　その代わり、ちゃーんと俺の言うこときいてくださいねえ」

なぜかまた、俺が睨まれた。

俺は慌てて精いっぱいの作り笑い多咲真生に向けた。


「サイテー！　もう何なのよ！　最悪!!」

多咲真生の叫びが街にこだました。

「ねえ！　信じられる!?　このメイクなに!!」

見たことのないようなギャルメイクを顔に施された多咲真生は大声で喚きながら人の行き交う道を歩いていた。

「こんなアホみたいに長いつけまつげ、一体誰がつけるってのよ！」

「超可愛いッスよお。ねえ、修司さん」

「あ、ああ……。可愛いです……」

多咲真生はつけまつげでほとんど見えなくなった目で俺を睨んだ。

「前髪切った意味なかったじゃない！」

金髪のウィッグをつけられて、まさにどこからどう見てもギャルである。

「金髪なんて初めてじゃないッスか？　似合ってるッスよ。ね、修司さん」

「う、うん……」

俺はもうさっきからずっと睨まれっぱなしだ。

そういえば、本社に着いてから一言も話してもらえていない気がする。

「お陰でこーんな大声出してもバレないじゃないッスかあー」

ミヤビが両手を広げてくるくる回った。

「ほんと、信じられない……」

「どこからどう見てもギャル男とギャル子のイケてるカップルっスよー。ねえ、修司さん」

もう、いちいち俺に話しかけないでほしい。そのたびに冷たい、というよりもはや殺気すら感じる視線を浴びせられることになる。

というかこの二人と俺が歩いていること自体がものすごい違和感の塊なんだが、その辺りは大丈夫なのだろうか。無理矢理連れまわされている人に見えていないかな。

「そういや、マイマイは本名なんて言うんスかあ？」

多咲真生はミヤビをじろりと睨んだ後、ボソッと呟いた。

「………ともこだけど……」

「ともちゃん、こっちッスー！」

言うなりミヤビは走り出した。

「ちょっと！　その名前で呼ばないでよ！」

多咲真生こと『ともこ』はつけまつげでバサバサの目を見開いた。

「とーもちゃーん!!」

「大きな声出さないでよっ!!」

ミヤビよりよっぽど大きな声でともこが吠える。

「とーもちゃーん！　はーやくーう！　修司さんもー！」

「どこ行くのよ!!」

「電車乗るんスよー！　んで、原宿《はらじゅく》まで！」

「原宿ぅ⁉」

ともこと俺は同時に叫んだ。


「なにこれーめっちゃかわいいー！」

女の子のようにそう声を上げたのはミヤビだった。

「わたし、こういうの趣味じゃないのよ」

確かに多咲真生のイメージからはかけ離れた、ポップなカラーで彩られた派手なショップに俺たちはいた。

「これ、リボン⁉　コレ、頭につけんスか⁉」

ピンクやら青やらキラキラ光っているドでかいリボンを手にミヤビは辺りを見渡した。

「あっ店員さんつけてる！　ファンキーっスねえー」

俺はただただこの場違いな店にいることが恥ずかしかった。

どうせなら俺もギャル男にしてくれればよかったのに……。

「せっかく原宿に来たんだから一着くらいファンシーでファンキーな服買いましょう

よ！　ね、おねーさん！」

キラキラの大きなリボンをつけた、ピンクの髪色の店員さんは「はい！」と満面の笑顔で頷いた。

二人はぎゃあぎゃあ言いながらも試着室を出たり入ったり、結局は色違いのTシャツを購入し、なぜか俺も同じものを買わされた。多咲真生に至っては派手なパッチワークを施された破れたジーパンからカラフルな靴下までフルセットの服をすすめられていた。

「こんなの一生着ない！」と言いながらも、多咲真生はミヤビに言われるがまま服を買った。

「クレープ食べましょー！　ともちゃん、何にするんスか？」

クレープ屋の前にできていた、カラフルな衣装に身を包んだ若い女の子たちの列の最後尾にミヤビが並んだ。

「わたしはー、ええと、イチゴチョコクリーム……あーラズベリーチーズクリームも気になる……」

ともこもなんだかんだ言いながらもメニューを見入っていた。

「チーズクリーム気になるッスよねえ！　オレ、それにしよーっと！　一口あげてもいいッスよお」

「いらないわよ」

「じゃあ、あげねー」

「いらないってば」

「後悔してもしらないッスよー。すっげーうまそうなのにいー」

「しつこいなあ」

自然とミヤビの隣に並びながら、いつの間にか多咲真生は楽しそうに笑っていた。もう『ともちゃん』と呼ばれて怒ることもなかった。

ミヤビは結局、ラズベリーチーズクリームの最初の一口をともこに譲った。

ともこはさっき「いらない」と言ったことなどすっかり忘れたように、嬉しそうにクレープにガブリとかぶりついた。

「これからどうするのー？」

ともこはすっかりミヤビに主導権を委ねていた。

ミヤビは満足そうに微笑むと「海ッス！」と叫んだ。

「きゃあああーー！」

ともこの叫び声は遠く水平線の向こうまで響いた。

夕暮れの海なんて、俺も記憶にないほど久しぶりだった。

波打ち際で高いヒールを脱いだともこと、珍しくハーフ丈のパンツを履いてきていたミヤビが走り回りながら水の掛け合いをしていた。

俺はそんな二人を、ともこの脱ぎ捨てたヒールを持って後ろから眺めていた。

「もーう！　服まで濡れたじゃない！」

ともこは弾けんばかりの笑顔でこちらへ戻ってきた。

「さっき買った着替えがあるじゃないッスかー。服は着るためにあるんスよ？」

「あんな服……」

言いかけて、ともこは諦めたように「まあいいわ」と笑った。

「着替えてくる」

そう言い残し、ともこは近くの公衆トイレへ向かった。

「最初から海に来るつもりだったの？」

俺はミヤビのハーフパンツを指さして言った。

ミヤビは何も答えずに、ただニヤリと笑った。

「今日は楽しかったッスねー」

「ほんと、二人とも楽しそうだったよ」

「ちょっとは気が晴れてたらいいッスけどね」

「……ともちゃん？」

「ともちゃんッス」

「有名人も大変なんだな……」

「そうッスねえ……」

水平線は沈みかけの太陽の光を反射し、キラキラ輝きを増していた。

「うわあー、修司さん。夕日めっちゃキレイっスよー」

「ほんとだ……」

「てかこんなキレイな夕日、男二人で見るとか……」

ミヤビが辺りをキョロキョロ見渡した。

「ともちゃん遅いッスね」

「本当だね。ちょっと見てくるわ」

公衆トイレに向かっている途中で、見覚えのある派手なTシャツが目に入った。
ファンキーな服装に着替えたともこは防波堤の上に座り、足をブラブラさせていた。
俺は後ろからともこに近づいた。すると、波音の狭間から小さな歌声が聞こえてきた。
「きみにあーいたーい……きみにあーいたーい……」
夕日を見ながら彼女が口ずさんでいたのは、どこかで聞いたラブソングだった。
ああ、彼女はきっと今恋をしているんだな、俺はなんとなくそう思った。
本当はこうやってデートをしたかったのは、きっとその人とだったのだろう。
──早く完璧なヒーローになりたいのよ──
そう言った彼女の覚悟は、きっと何か大きなものを犠牲にした上に成り立っている。
俺はそっと、多咲真生の背中から離れた。

多咲真生を自宅まで送り、ミヤビと別れた帰り道、ポケットの中で携帯が振動していることに気づいた。

取り出してみると着信画面には『母さん』とあった。

まさか、じいちゃんに何かあったのか——

俺は急いで電話に出た。

「ああ、修司？　今大丈夫？」

「大丈夫だよ。どうしたの？　何かあった？」

俺は若干早口で訊いた。

「お父さんも知ってるって！」

予想に反した明るい母さんの声だった。

「……何が？」

「ほら、あの子よ。なんだっけええと……最近すぐ名前忘れちゃう。いやあね、年って」

「何の話だよ」

「だからあの子よ。ええと……ナントカマイちゃん」

ここまで聞いてやっと先日電話した話の続きだということに気がついた。

母さんはいつも会話に主語がなさすぎる。

「多咲真生ね。父さん知ってたんだ」

「今のドラマじゃなくって、あの子ずいぶん前に水曜の刑事ドラマに出てたでしょ？　お父さんあれ大好きなのよ。大した役じゃなかったけど、良い演技してたから覚えてるって言ってたわ」

「父さんに〝良い演技〟なんてわかんのかよ」

俺は苦笑いしながら訊いた。

「あらあ、案外純粋にドラマを楽しんでいるシロウトのほうが見る目があったりするのよ。邪心がないから」

「わざわざそれで電話くれたの？」

「だって、あなた仕事で必要だって言うから。知名度の調査ってやつでしょ？　お隣のおばちゃんがそういうのに詳しくって教えてくれたわ。今どきの金融企業は色んな仕事をするのねえ。なに、ＣＭで使ったりするの？」

「ん……まあ、そんなとこ。でも言うなよ。まだ何も決まってないんだから」

「わかってるわよ」

「特にそのお隣のおばちゃんには変な事言わないように」

「はいはい。わかってます。それはそうと、仕事はどう？　まだ忙しい？　ちゃんとご飯食べてるの？」

「そんないっぺんに聞かないでよ。ちゃんと食べてるよ。社食が旨いから助かってる」

「あら、そう！　よかったわねえ。ずっと忙しそうにしてたけど、この前お見舞いに来てくれたでしょ？　少しは休みも取れるようになったんだなって安心してたの。去年の夏頃から急に連絡してこなくなったから、仕事忙しいのかしらってお父さんとずっと心配してたのよ」

確かに、あの事件があってから俺は両親とまともに連絡を取っていなかった。

仕事を辞めたことも、しかも自分が痴漢に間違われたなんてことも、両親には言いたくなかった。俺の就職が決まったとき、両親共にとても喜んでいた。誰もが知っている企業に勤める自慢の息子像を壊したくなかったのかもしれない。

何より〝辞めた〟と聞いて両親の落胆する顔を見るのが一番嫌だった。

父さんが心配してるなんて、ちっとも思っていなかったな。

俺はなるべく調子を落とさないよう、普段通りの声を心がけて言った。

「そうだったの。元気だって言っておいてよ。そういや、じいちゃんはどう？」

「相変わらずよ。でも元気にしてるわ。あんたがお見舞いに来てからは特にね。本当にすっごく嬉しかったみたい。あれから病院中の人に自慢するんだもの。『孫がわざわざ飛行機に乗って見舞いに来てくれた』って。もう看護師さんも耳にタコよね、気の毒に」

母さんは豪快に「ははは」と笑った。いつものことながらよく動く口だ。

「元気ならよかった。またそのうち顔出すから。じいちゃんに伝えといて」

「本当!? そんなこと言ったらおじいちゃん指折り数えて待っちゃうわよ」

「まだいつになるかわからないけど、年末までには必ず顔を出すよ」

「わかった。じゃあ、そう伝えておくわ。来る前に連絡するのよ？ あなたいっつも突然なんだから」

「わかったよ。父さんにもよろしく」

「はい、伝えておきます。あんたもお腹壊さないようにね」

どうして突然「お腹壊さないように」なんだ。

俺は笑いながら「わかった」と言い電話を切った。

携帯をポケットにしまって、ふいに思い出した。

そういえば昔はよく風邪《かぜ》をひいて、風邪をひくと必ずお腹を壊していたっけな。

小さい頃は強制的に腹巻をつけられて、それを嫌だ嫌だと言いながら学校に行ったこともあった。

多分、母さんには今もその頃の俺の記憶が残っているのだろう。

なぜがじいちゃんと会ってからたまに昔のことを思い出す。

やっぱりじいちゃんが言ったあのセリフがどこか引っかかっているのだろうか。

——なーんの面白味もない人生やったなあ——

俺はじいちゃんの歳になったときに、どのような事を思い出すのだろう。

昔は良かったなあ、と思うのか。それとも、なんと平凡な人生だったかと思うのか。

はたまた、昔は辛かった。今が一番幸せだ、と思うのか。

一体どのような人生が〝一番幸せな人生〟と言えるのだろう。

一つ確かなことは、今のままでは俺の人生はなんとも辛い記憶のものになるということだ。

一生バスを避け、恐れて生きていかなくちゃいけないのかなあ。

九十のじいちゃんになって、車も運転できなくて、バスにも乗れないじゃ困るよなあ。毎回タクシーで移動できるほどの富を蓄えていればいいけど、今の状態ではとてもそうなるとは思えないし。

そんなことを考えていると、どこか遠いところからミンミンゼミの声がした。

この声もめっきり少なくなった。もうじき夏も終わりだ。

病院のベッドの上で話すじいちゃんを思い出した。

――こーうして、こうしてなあ……――

お椀型にした手をそーっと滑らせる。

俺も同じようにお椀型にした手をそーっと空中に滑らせてみた。

遠くで鳴いていたミンミンゼミの声が止まった。

頭の遠いところで微かな記憶がほんの少し音を立てた。

何かを思い出しそうで、でもそれはまだ俺の頭の引き出しの奥のほうに引っかかったまま、それ以上出てくることはなかった。

次にじいちゃんに会ったときはもう少し思い出せるだろうか。

俺は空中に上げた手をぎゅっと握りしめ、家路へと急いだ。

五日ぶりに再会した多咲真生の機嫌はすこぶる良かった。

「ミヤビは？」

開口一番彼女は俺に尋ねた。

「今日は、ミヤビは来られなくて」

「なーんだ」

明らかに残念な様子の彼女に少々ショックを受けたものの、気を取り直して背筋を伸ばした。

「今日は僕が紹介したい場所があるんです」

「どこ？」

「お砂糖を使っていないジャム屋さん」

「へえ」

「そこのジャムならカロリーとかあまり気にせず食べれるんじゃないかと思いまして。甘いもの好きみたいだし。少し遠いんですけど、大丈夫ですか？ 帰りはもちろんお送りしますので」

多咲真生は「ちょっとはマシになったじゃない」とほんの少しだけ口の端を上げた。

「ちょっと、どこまで行く気よ？」

無人の駅の改札を出てどんどん歩く俺に、後ろから彼女が不満げに言った。

「もっと奥です。ここからバスに乗っていくんです」

「こんなとこ、どうやって調べたの？　ネット？」

「いいえ、アメリカンパイの立ち上げに関わった人に片っ端からおすすめを聞いて歩いたんです。やっぱり餅は餅屋ですよね。このお店を教えてくれました」

一時間に一本しかないバスの時間は調べてある。さびれた田舎駅に着いたのはちょうどバスの来る時間ぴったりだった。

ブオンと音を立て目の前に止まったバスを、俺は目を見開いて見ていた。

「どうしたの？　乗らないの？」

「いいえ、乗ります。ちょっとだけ、待ってください」

今日のために俺は何度もバスに乗る訓練をした。

ミヤビと道野辺さんに何度も何度も付き合ってもらって、とうとう一人でも乗れるようになった。昨日だけでも十回はバスを乗り換えた。

これだけ練習したんだから、大丈夫。

俺は胸に手を当てると頭の中で道野辺さんの声を思い出した。

――息を吸ってください。

大きく息を吸った。

――今度は吐いてください。

大きく息を吐いた。

――きみは今、生きています。

「よし！」

驚いた顔の多咲真生を連れて、俺はバスに乗り込んだ。


「さっきの何？」

バスの後部座席で揺られながら彼女がきいた。

「おまじないです」

「おまじない？」

「多咲真生さん、息を吸ってみてください」

彼女は素直に、はあーと大きく息を吸った。

「今度は吐いてみてください」

ふーっと息を吐き切った状態で、「それで？」というようにこっちを見た。

「きみは今、生きています」

多咲真生はフッ息を吹き出すと笑った。

「なによ、それ。変なの」

多咲真生は初めて、俺に対して笑顔を向けた。

バスは俺たちを乗せてガタンガタンと音を立て山道を登って行った。


森の奥にひっそりとあった小さなお店には客が誰もおらず貸し切り状態だった。

店主は年配のご夫婦で、脱サラしてここでひっそりとジャム屋さんを始めたがひっそりしすぎていて誰にも気づかれないと笑った。地元のホテルやレストランと契約してやりくりしているから、有名な店にならなくてもいいんだ、と言った彼らはとてもたくましく、幸せそうに見えた。


「あんなに良さそうな人でも人間関係に悩んだりするのね」

買い物を終えた俺たちは、帰りのバスの時間までベンチに腰掛けて時間を潰した。

旦那さんはサラリーマン時代、人間関係に悩んで苦しんだと言っていた。今はそれが嘘だったように穏やかな生活だとも言った。

「芸能界も大変そうですよね。人間関係」

「まあね。色々な人が色々な思惑で寄ってくるからね」

そのまま黙ってしまった彼女に何か話題を提供しようと考えていると、彼女のほうから口を開いた。

「……わたし、誰かにストーカーされてんのよ」

「えっ!?」

「こんなことしょっちゅうだったけど、今回は今までとは違う気がする。しつこい上に、姿を掴めないの」

「それで……」

先日〝部屋に入ったとメールをするまで帰るな〟と言ったワケだ。

「仕事の後はちゃんとマネージャーが送ってくれるんだけど、プライベートのときに限って気配がするのよ」

不安そうな彼女の横顔は、いつもの強気な多咲真生ではなく〝ともこ〟という一人の女性のものに見えた。

「大丈夫です。今日も家までお送りするんで。部屋に入って安全を確認するまで、ちゃんと家の前で待ってますから」

「………ありがと」

初めて彼女の口から聞いたお礼の言葉だった。

STEP4

過去からの脱却

約束の二週間が過ぎ、多咲真生はドラマの撮影が佳境に入ったため、依頼をストップした。初の依頼を終え少しホッとしたのも束の間、俺は他の社員の抱える案件などに借り出され忙しい日々を過ごしていた。

それから半月たったある日、俺と道野辺さんは揃って社長室に呼ばれた。

「写真!?」

社長がバサッと雑誌を机の上に開けた。

「今日発売の週刊誌だ」

俺と道野辺さんはその記事を、頭をぶつけるようにして覗き込んだ。

「ミヤビと……多咲真生が……」

白黒の写真にはバッチリ多咲真生の顔と、彼女を迎え入れるミヤビが写っていた。

「ミヤビくんにしては珍しいミスですね」

「どうやら多咲真生が予告なくミヤビの自宅に来たらしいんだよ。自宅に入るところを撮られてしまったようでね」

社長は手を顎に当てたまま、うろうろと部屋を歩いた。

「自宅に……」

二人はそれほど深い関係になっていたのか。

あれから二人が会っていたなんて、全く気づかなかった。

「対応に関してはいま検討しているところだから、二人とも何かあったらすぐに動けるよう体をあけておいてくれないか」

「わかりました」

俺はゴクリと唾を飲み込んだ。


しかし数時間後、事態は思ってもみない方向へ展開した。

「修司君、すぐに病院へ向かおう」

社長室に呼ばれた俺が扉を開けるなり、社長は緊迫した様子で言った。

「何があったんですか？」

「多咲真生が入院した」

一瞬、目の前が暗くなった。

「記事に激高したストーカーに刺されそうになって、階段から転落したらしい」

「ご気分はどうですか？」

白いベッドの上で上半身を起こしていた多咲真生に問いかけた。

「良いワケないじゃない」

頭を打ったので念のために検査入院したものの、足をくじいた以外は思っていたほどひどい怪我ではなさそうで俺は一安心した。

「怪我の具合は？」

「最悪」

彼女は間髪を入れず答えた。

「のんびり入院している時間なんて、わたしにはないのに」

多咲真生は俯いて唇を嚙《か》みしめた。

「そんなこと言わず、少しの間ゆっくり休みましょう」

「あなたと一緒にしないでよ。あなたはいいわよね。少々仕事休んだところで何の支障もないんだから」

言った後、黙ってしまった俺を見て彼女はバツが悪そうに視線を逸らした。

不思議とその発言に腹が立つことはなかった。

「僕の尊敬する先輩が言っていたんです」

それよりも彼女の顔に浮かぶ後悔の色をなんとか拭い去ってやりたいと思った。

「成功への唯一の近道は遠回りすることだって」

ひと時、静かな時間が流れ、彼女はゆっくりと口を開いた。

今にも泣き出しそうな瞳をしていた。

「ごめん、八つ当たりよ。苛々しているの」

それは初めて彼女の口から出た謝罪の言葉だった。

「ねえ、知ってる？　いまネットでわたしが何て呼ばれてるか」

俺はかぶりを振った。

「売名女優」

彼女は再び唇を噛んだ。

「ストーカーされて刺されかけて階段転げ落ちて売名女優だって」

眉間に刻み込まれた皺から悔しさが滲《にじ》み出ていた。

「何本主演張ったと思ってるの？　ドラマでも映画でも舞台でも。何本CMやってると思ってるの？　そりゃあ日本国民全てがわたしの名前を知ってるなんて思ってない。けど、体張ってまで売名するほど名無しの権兵衛《ごんべえ》でもないわよ！」

心に溜まっていたものを一気に吐き出すように彼女は声を荒げた。

「今まで何だって犠牲にしてきたんだから！　どんなに好きな人ができたって、どんなに愛し合っていたって、かぎ付けられたら、はいお終《しま》い！　どうして人を好きになって事務所に怒られなきゃならないの!?　わたしだって自分が商品だってことくらい自覚してる！　でもいくら商品であっても生きてるの！　ロボットじゃないのよ！」

俺はただ黙って彼女の吐き出す言葉を受け止めた。


「ペットショップって大嫌い」

しばらく口を噤んだ後、彼女はぽつりと言った。

「可愛い子犬が可愛い仕草で寄ってくるでしょ？　僕を愛してって尻尾《しっぽ》を振って」

俺は初日に彼女がペットショップを眺めていたことを思い出した。

「まるで自分を見てるみたい」

彼女は吐き捨てるように言った。

「不憫《ふびん》で仕方がないのよ。この子たちは売れなかったらどうなるんだろう。売れない商品は壊れたロボットみたいに捨てられちゃうのかなって」

唇を歪め、眉を下げ、今にも決壊しそうな涙を堪《こら》えているのがわかった。

「だから売れ残らないように必死で媚びを売るの。可愛いってたくさんの人に撫でられて、好きになってくれそうな人のところにすり寄っていくの。連れて帰って一生可愛がっててってお願いするの」

彼女の口からこぼれ出る言葉にはどれも哀しみや悔しさが滲んでいた。

「そこにいる全部の犬を連れて帰りたくなるわ。でも連れて帰ったってまた新しい犬が入荷される。おんなじことの繰り返し」

彼女の生きてきた人生はきっと、俺が想像していたほど煌びやかなものではなかったのだろう。きっと、華やかな姿の裏側には苦しみを耐え抜く姿が隠れているのだろう。

「わたしも犬と同じ。自由に誰かを愛することさえできない」

俺は何も言ってあげることができなかった。

ただ、彼女をまっすぐ見ていることしかできなかった。

彼女は唇を噛みしめて俯いた。

「わかってるわ。自分で選んだ仕事だってこと。応援してくれる人を悲しませたくないなんて、わたしだって本気でそう思うのよ。でもそれよりもっと思うの『嫌われたくない』って。結局自分のことばっかり。偽善なの。大切な人と別れるのだって、大切な人を失ったとしても、たくさんの人に嫌われたくないから。結局は自分が一番可愛いのよ」

「誰だってそうじゃないですか?」

重く沈んだ空気の中、俺は口を開いた。

「俺だって自分が一番可愛いですよ。例えば、船が沈んで二人の人間がとり残されたとしましょう。救命ボートに乗れるのはどちらか一人だけ。そうなったとき、俺はもう一人に『どうぞ乗ってください』と言えるかどうかなんてわからないです。みんなそうですよ。笑顔で『どうぞ』と他人に人生を譲れる自信がある人なんて、この世に何人いるんでしょうかね」

多咲真生はギュッと握りしめた自分の両手を見つめていた。それは小刻みな震えを抑え込んでいるようにも見えた。

「あんたってなんの取り柄もないのかと思ってたけど……」

ゆっくりと顔を上げると彼女は小さな声で言った。

「優しさだけは、あんたの取り柄なのかもね」

そして涙の溜まった瞳で少し微笑んでみせた。

ワイドショーは連日、多咲真生の事件でもちきりだった。防犯カメラには三十代前後に見える男の顔がはっきりと映っており、とうとう男は指名手配された。

俺たちも社食のテレビでそのニュースを見ていた。

指名手配された男の顔を見た瞬間、ミヤビの顔色が変わった。

「どうしたの？」

「いや……」

ミヤビは珍しく暗い声色で言った。

「ともちゃんの病室は大丈夫なんスよね？」

「病室には警察がいるから大丈夫だよ。それよりミヤビ、犯人が捕まるまで本当に気をつけろよ。自宅待機してもいいって社長も言ってたし」

「そんなことしてたら、一生外歩けなくなっちゃいますよ」

ははは、と力なく笑ったミヤビはやっぱりいつものミヤビではなかった。

しばらく黙って昼飯を食べていたミヤビが、ふと箸を持つ手を止めた。

「修司さん、アイツね……」

「ん？」

「あの男、たぶん……」

俯いたミヤビに、俺が「なに？」と促すと、ミヤビはスッと顔を上げて笑った。

「なんでもねーッス」

「なんだよ。気持ち悪いな」

ミヤビはそれ以上何も言わなかった。

俺は胸になんとも言えないザワつきを覚えながらも、黙って昼飯を食べ続けた。


それ以降もミヤビの様子はずっとおかしかった。

社長をはじめみんながミヤビのことを心配していたが、誰もどうにもしてやることもできず歯がゆい思いをしていた。

「なあ、ミヤビ。本当に少しの間仕事休んだほうがいいんじゃない？　最近、顔色も悪いしさ。このままじゃ体もたないよ？」

多咲真生が入院して四日目の昼時、俺はいつも通りミヤビと並んで昼食をとっていた。

「修司さん………。ひとつ、クイズ出していいッスか？」

ミヤビはまだ食べている途中だったカレー皿にスプーンを置いた。

「なに？　いきなりだね」

真剣な顔のミヤビに、俺も一旦箸を置いた。

「では問題です。修司さんの目の前に赤い箱と青い箱が置いてあります。そのうちの一つが『正義の箱』で一つが『反正義の箱』です。さて『正義の箱』はどちらでしょう」

俺はしばらく考えてから答えた。

「それだけじゃわからないよ。ヒントとかないの？」

「さすが修司さん。正解ッス」

「え？」

「正解は『わからない』なんです。どちらが正義かなんて、本当は誰にもわかってないんです。でもね、修司さん」

ミヤビはまっすぐ俺を見つめた。その目には殺気にも似た鋭く冷たい何かが宿っていた。

「人はわりと簡単に自分の頭で考えることを放棄してしまうんスよ」

俺は何か言いたかったが、ミヤビの放つ空気に押されて言葉が出なかった。

「修司さん前に、オレがどうしてこの会社入ったのかって聞いたでしょ？　ちょっと長くなりますけど、オレの人生、聞きます？」

ニヤリと笑ったミヤビの顔は覚悟を決めたようにも見えた。

俺は、小さく頷いた。


「オレ、小さい頃からモテてたんスよ。そのときもクラスで一番人気の女子に告白されて、でも全然タイプじゃなかったから断ったんス」

俺は真剣な顔でうんうん、と首を縦に振った。

「オレって自分に自信ある系のイケてる女子って全然好みじゃないんスよねえ。まあ、可愛いのかもしれないんスけど、グッとこないっていうのかなー。それよりはクラスの片隅で本読んでるような子が気になっちゃって。コイツ笑ったらどんな顔になんだろうって思うんスよ。オレが笑わせてやりってえって思うんスよ。それで不意に笑った顔が可愛かったりするともうヤバいッスよねえ。オレだけが知ってるコイツの笑顔、的な？　わかります？　そういうの。修司さんわかります？」

何の話だよ。俺は拍子抜けした。

「まあ……なんとなくわからないこともないけど……。でも俺はどっちかっていうと見た目可愛いほうが……」

「はあー！　まだまだ甘いッスねえ」

「……なんの話してるんだよ」

「ああ、そうそう。入社のきっかけッスね。でもその前にイケてる女子の話ッス」

　この調子で話は進むのだろうか。俺は思わず腕時計に目をやった。

「要するに、そのマドンナを無下にしたことがオレの人生が狂うきっかけッスよ。わーんって泣かれたら、まあ、当然のように最初は女子の敵みたいな扱いになりますよね？　で、そのうちマドンナのことを好きな男子にまで広がるワケですよ。もうマジ地獄ッスよ。毎日毎日学校行くたびに自分の味方が減って行くんスよ」

　学生時代にはよくある話だ。俺は黙ってまたうんうん頷いた。

「それでもあんま気にしてなかったんスよ、オレ。まあ、何人か仲の良いヤツがいればいいや―って。でもね、それは甘かったんスよね」

　ミヤビは目の前に置いてあった、食べかけのカレーが載ったトレーをずいっと横に動かし、両ひじを机の上に置いた。

「数が増えるにつれていつのまにか〝オレと仲良くしない〟ってのが『正義』になってくるんスよ。今まで〝オレと仲良くする〟ことを選んでくれてたヤツまで『あれ？

オレなんか少数派なんじゃね？』とか思ってきちゃうんスよ。それで気づいたら、オレと一番仲良かったヤツまでオレのこと無視しはじめるんスよ」

話の先が予想できて、なんだか胸が痛くなってきた。

「そいつに無視されたとき、マジでショックでしたよ。だからオレ勇気出して聞いたんスよ。『なんで無視するの？』って。そしたらソイツ、プイッて目え逸らしてこう言ったんです」

ミヤビは一旦言葉を区切ってから言った。

『だってみんながそうしてるから』

言葉が出なかった。

「ね？　人は簡単に自分の頭で考えることを放棄してしまうんスよ」

ミヤビは続けた。

「べつにソイツが特別悪いワケじゃないんスよね。ただ多いほうに流れただけで。ラクなほうに流れただけで。ソイツにしてみれば、みんなお前を無視してんのになんでオレだけ責められなきゃいけねえんだよってことッスよね」

「それで……どうなったの？」

窺うように尋ねた俺に、ミヤビはあっけらかんと答えた。

「べつにどうにも。幸いそれが三学期の話だったんで、五年のクラス替えがあってみんなバラバラになったら自然となかったことになりました」

「そっか。よかった……ね」

俺は少しホッとしたが、ミヤビは更に眉をしかめた。

「それが、そこからが本当のオレのやらかしッスよね」


ミヤビは五年になって野球部に入ったと言った。

野球が好きなわけではなかったが、わかりやすい〝何か〟に所属したかったと。坊主頭で一目で野球部だってわかるっしょ、と笑った。

「学校って逃げ場のない世界じゃないッスか。だから必死に生き残る術を考えますよね。だから、自分がしたことが間違いだったとは思ってなかったんです」

「なにがあったの？」

ミヤビは一度小さく深呼吸すると、意を決したように話しはじめた。

「ある日、四年のときオレと一番仲良かったアイツが話しかけてきたんス。『だってみんながしてるから』っつってオレを無視したアイツっスよ。それから全然話してなかったんスけど、ある日突然話しかけてきたんスよ。まるで何事もなかったかのように。すげえ普通に。友達みたいに」

ミヤビは片頬を歪めると「たぶん、修司さんみたいに強い人ならそれを喜んで受け入れてあげるんでしょうね」と微笑んだ。

「でも、オレはそんなに優しくも強くもなかったんス。すげえムカついたんスよ。なんだコイツ。今さらなんだよって」

黙っている俺をミヤビは穏やかに見つめて言った。

「オレ、ソイツを無視し返したんスよ」

ミヤビの表情は、だんだんと辛そうなものに変わって行った。

ミヤビがその子を無視していることに、すぐ他のクラスメイトは気づいた。初めに声を掛けたのは同じ野球部の子だったらしい。「なんでお前アイツのこと無視すんの？」そう聞かれたミヤビはただ一言、こう答えた。

「アイツ、なんかムカつくんだよな」

たったそれだけで一カ月後には、彼はクラスで孤立していた。

「最初は野球部の奴らが。そのうちそれを見た他のクラスメイトが。そうしていつのまにか〝アイツと話さない〟ってのがみんなの『正義』になったんです」

俺はミヤビにかけるべき言葉をずっと考えていた。けれど何も良い言葉が浮かばなかった。

「きっかけは間違いなくオレです。どうしようって思いました。オレのせいで……。でも途中から考えるのやめました」

俺はミヤビが以前に言っていたことを思い出しハッとした。

「そしたらもうその光景を見てもなんとも思わなくなりました。だってオレのせいじゃねえし。オレは本当にムカついたから無視しただけだし。あとはみんなが勝手にやってるだけだし。そもそもオレを無視したアイツが悪いんだし。考えることやめて、オレ、人間じゃなくなったんスよ」

ミヤビは入院している俺に向かって言った。

『人は考えることを放棄した瞬間、人間じゃなくなるんスよ』

そのときは他人に対しての言葉だと思っていた。けれどあれは、自分自身に向けた言葉だったのか。

「ある日、ソイツが体育館の裏で殴られてました」

その光景を思い出したのか、ミヤビは眉間に皺を寄せた。

「オレ、すげえ怖くなって。人生で一番頭つかって考えました。そんで、殴ってるソイツらに声掛けたんです」

ミヤビは眉間の皺をより深くした。

『こんなしょうもないヤツに構うだけ時間の無駄だよ。こんなヤツ無視してりゃあいいんだよ』

きっとそれがそのときにできるミヤビの精いっぱいの言葉だった。

「クラスで完全に『強い方』の存在だったオレの言うことは絶大でした。そいつらはそのまま帰って行きました。オレはよかったって思いました。でもアイツは次の日から学校に来なくなりました」

ミヤビは俯いて、唇を一度ぎゅっと結んだ。

「オレはずっと自分に言い聞かせてました。オレのせいじゃない、オレのせいじゃない。オレは無視し返しただけだ。後はなにもしてない。昨日だってアイツを助けてやったじゃないか。オレは悪くない」

それはまるで呪文を唱えているようだった。

「でもアイツはきっと忘れてないッスよね……人生滅茶苦茶にしたオレのこと、きっと今でも恨んでる」

ミヤビは俯いていた顔を無理矢理持ち上げた。

「オレ、一人の人間潰しちゃったじゃないッスか。自分クズだなあって、ずっとその思いが心のどっかにあったから、だからヒーローになりたかったんス。ヒーローを作るヒーローになってその嫌な思いを払拭したかった。だからこの会社に入りました」

ミヤビは「長かったッスね。ご清聴ありがとうございます」と言って笑った。

俺は何て言葉を掛ければミヤビの心のドロドロを溶かしてやることができるだろう、そればかり考えていた。

するとミヤビが再び口を開いた。

「ともちゃんストーカーしてたの、アイツかもしれない」

冷たいミヤビの目に、ゾクッと冷や汗が伝った。

「そんな……」

否定しようと思ったが、咄嗟《とっさ》に言葉が出せずに唾を飲み込んだ。

「似てるんスよ。アイツに」

「まさか……偶然だろ？　他人の空似だよ……」

俺はなんとか声を振り絞った。

「もしアイツだとしたら……アイツが本当に刺し殺したかったのは、ともちゃんじゃない……」

ミヤビは真剣だった。

「馬鹿なこと言うなよ。そんなはずないだろ。気のせいだよ、きっと」

頭を駆け巡る嫌な予感を、俺は必死で押し殺した。

その日は久しぶりにホテル滞在している東條先生から「コーヒーでも飲まないかい」とお呼び出しがあった。

昼食後、俺はミヤビと東條先生のホテルへ向かった。

「今日は人が多いと思ったら連休かあ」

「連休の中日ッスね。みんなどこ行くんスかねえ」

そういえばこの会社で働き出してから連休を取ることもなかったが、不思議とそれが苦ではなかった。社長によると、規定時間さえ守れば勤務日も時間も自由とのことだが、今はもっとこの仕事に関わりたい思いでいっぱいだった。

交差点でふと電柱に目が止まった。そこにはまだあのハンカチの主を探す張り紙がしてあるままだった。

「ミヤビ、あの電柱見て。いまどき珍しい張り紙がね……」

振り返ると、ミヤビが後ろでドンと人にぶつかられていた。

「大丈夫かよ」

俺は笑いながらミヤビに近寄った。

ミヤビは腹を押さえていた。

「ミヤビ？　どうした？　腹でも痛いの？」

立ちすくんだままのミヤビに近づいて、腹を押さえる手を覗き込んだ。

瞬間、息が止まった。その押さえた指の間からはナイフの柄のようなものが見えた。

「ミヤビ……!?」

俺の声と同時にミヤビは膝から崩れ落ちるように地面に倒れた。

「ミヤビ!!」

周囲の人がキャーと叫んだ。

みるみるうちに溢れ出る血液がミヤビの手を、そして地面を赤黒く染めた。

「ちょ、ヤバいッスね……コレ……マジのヤツッス……」

「ミヤビ！！！　会社に電話……!!」

「……の前に救急車呼んでもらえると……」

顔をしかめたまま、ミヤビがかすれた声を出した。

「そうだ！　救急車！！！」

通行人の輪の中から「今呼んでます！」と声が聞こえた。

「修司さん……笑かさないでくださいよ……」

ミヤビが顔を歪めながらも笑顔を作ろうとしているのがわかった。

「ミヤビ、もうしゃべんなよ！」

「それ……ドラマでよく聞くヤツっスね……」

ミヤビの呼吸はハッハッと短く荒くなっていた。

「しゃべるなって！」

「それ言われたヤツ、だいたい死ぬんスよ……」

「やめろよ！」

着ていたシャツを脱ぎ、血液が溢れ出る腹をミヤビの手の上から押さえる。シャツは瞬く間に赤く染まって、生暖かい血液が俺の手のひらまで染み込んできた。

「因果応報ッスねえ……」

「すぐ救急車来るからな！」

「オレ……あのとき……きっと、アイツの心……刺し殺してたんスね……」

アイツ……やっぱりアイツだったのか。

ともこを刺そうとしたストーカーは、やっぱり同級生のアイツだったんだ。そして
ミヤビが〝あのとき〟の同級生だということにも気づいていたんだ。

「……大丈夫だ！　ミヤビ、大丈夫だよ！　お前はしつこいんだから！　こんなこと
じゃ死なねえよ！」

「そういうキャラも……よく死ぬんスよ……」

「やめろって！」

「修司さん……オレも……ドラマっぽいこと……言っていいッスか……」

もうミヤビの呼吸は途切れ途切れになっていた。

「なに……」

「オレ……ヒーローに……なれたんスかね……」

俺の目から堪え切れず涙が溢れた。

「なれたよ！　なれてるよ！　だから死ぬなよ！　漫画もアニメも映画でもヒーロー
は死なないんだよ！」

遠くから救急車のサイレンが聞こえた。

「救急車作った人って……マジヒーローっスよね……」

そう言うとミヤビは一度だけ深い呼吸を吐いて、静かに瞳を閉じた。

閉じた目じりから一筋の涙がこぼれた。

「ミヤビ――――――――！！！！！」

サイレンに紛れて俺の絶叫が街に響いた。


「もう嫌！　もう嫌よこんな仕事！」

静かな病院に多咲真生の悲鳴のような叫び声が響いた。

「どうして！　どうしてミヤビが……！　ごめんなさい……ごめんなさい……！」

多咲真生は膝を折って泣き崩れた。


ミヤビを刺したアイツは、血液が付着したままのシャツを着て逃げていたお陰で警察官に取り押さえられた。

後日、俺は警察の実況検分とやらに付き合わされた。振り返ったら男がこうミヤビとぶつかって、と話している自分が、まるで自分じゃないような気がした。

ドラマの撮影をしているかのように、自分ではない誰かを演じているように、ひどく冷静だった。

「いやーやっぱヒーローたるものあんなところで死なないッスよねえ」

面会謝絶の札が取れたミヤビは、病院のベッドの上でまだ傷が完全に癒えていない腹をさすりながら言った。

出血の割に傷は深くなかった。そもそも刺さったナイフは殺傷力の低い小さな果物ナイフだった。

「だからお前は死なないって言っただろ」

「修司さんがあまりに見事なフラグ立てるんで、途中やっべーオレマジで死ぬのーとか思いましたけどねー」

「フラグじゃねえよ」

「あーあとーオレ調べたんスけど、漫画もアニメも映画も最後に死ぬヒーローってけっこういるんスよ？」

「なに調べてんだよ」

「でもオレが死んだらアイツ殺人犯になっちゃうじゃないスか。それはやっぱり阻止しないとダメっスよね」

「……そうだね」

「傷が治ったら面会に行ってみますよ。オレもアイツに謝らなきゃいけないことあるんで」

「うん。そうだよね」

俺はミヤビを誇らしく思った。

「ミヤビ……！」

よほど慌てて来たのか、肩で息をしながら病室に飛び込んできたのは多咲真生だった。

「ミヤビ……。ごめんなさい……。ごめんなさい……」

多咲真生はそう言って泣き崩れた。

「ともちゃん、違うんスよ。これはオレのせいなんです。相手がオレだったからアイツはここまでやっちゃったんです」

ミヤビは泣きじゃくるともこに小学生の頃の話を一から説明した。

ともこは少しずつ泣き止みながら、うんうんと頷いてミヤビの話を一生懸命聞いた。

一通り説明が終わり、「だから、オレがケガしたのは全部オレの責任なんスよ」と
ミヤビは優しく笑った。

「もし、あなたにもしものことがあったら、わたし……」

ともこはまた両手で顔を押さえた。

「わたし、祥子《しょうこ》さんになんて謝ったらいいのかって……ずっと考えてて……」

ともこは顔から離した両手を祈るように固く握りしめながら話した。

「祥子も、ともちゃんが思い詰めるんじゃないかってこと、一番心配してたんス。だから、ともちゃんは女優としてこれからも俺らを楽しませてくださいね。約束ッスよ」

ともこは涙をいっぱい浮かべた瞳で頷いた。

ほどなくしてマネージャーがともこを迎えに来た。

俺はともこを見送った後、ふとミヤビに疑問を尋ねた。

「ところで、祥子さんって誰？　ミヤビの妹とか？」

「ああ、奥さんスよ」

「ああ、奥さんか」

…………て、え？

「えええええ！！！」

「なっ、なんスか⁉」

「なんスかじゃねえよ！　おまえ、結婚してたの⁉」

「あれ？　知らなかったッスか？」

「知らないよおおお」

「マジッスか？」

「あれ？　じゃあ、ともちゃんは⁉」

「ともちゃんがなんスか？」

「ともちゃんと付き合ってたんじゃないの⁉」

「へっ？」

ミヤビは目を丸くした後、あひゃっひゃと変な声で笑い出した。

「ちょっ、マジで……！　ちょ、笑かさな……ってえー」

腹の傷を手で押さえながら、涙を浮かべて笑っている。

「ともちゃんは祥子に料理習いに来てたんスよー。うちの奥さん、趣味程度に料理教室もしてるんで。一応マスコミ対策もしてたんスけど、ともちゃん約束してた時間間違えて早く来ちゃった日があって、そんとき写真撮られちゃってえ」

「そうなの⁉」

「そうなんスよ。だから、明日の週刊誌には訂正記事もちゃんと出ますよ」

「それなら、なんでそもそも記事出ちゃったんだろう」

ミヤビはまだ腹をさすりながら話した。

「ともちゃん、ヒーローズに依頼してること事務所に黙ってたらしいんスよ。ま、オレは一般人なんで週刊誌に載るって話が向こうの事務所にだけ行っちゃって。それで話がややこしくなって。向こうの事務所も勘違いしてたみたいッス。訂正が間に合わずに記事出ちゃって。マジバッドタイミングッスよね」

なんだそりゃ。二人がこれからどうなるのかと心を痛めた俺は一体なんだったんだ。

涙目でケラケラと笑うミヤビを、俺は恨めしい気持ちで見ていた。

病院を出ると、目の前に黒塗りの大きめの車が走り込んできた。ヒヤッとして立ち止まると、窓がウィーンと下がり、そこからサングラスをした多咲真生が顔を出した。ちょいちょいと手招きをされ車に乗り込むと、運転席には先ほどのマネージャーがいて会釈をされた。

「ミヤビが無事で本当によかった」

多咲真生はサングラスを外しながら言った。

「アイツ、悪運強いから」

彼女はそう言った俺の目をじっと見て、それから少し俯いた。

「わたしね、珍しく焦ったのよ……。どうしても長澤監督の映画に出たくて。料理も今回の役に必要だったの。でもやっぱり事務所に黙って勝手なことはするもんじゃないわね。さすがに懲りたわ」

今までにないほど素直になった多咲真生を見て、彼女はきっとこれからもっと凄い女優になるんだろうな、とぼんやり思った。

「成功への近道は遠回りすること、ですね」

「その言葉、心しておくわ」

「今回の遠回りもきっと、成功へ続く道になりますよ」

「……ありがとう」

多咲真生は優しく微笑んだ。

「長澤監督はわたしがこの世界を目指したきっかけになった人なの。小学生のときに見た映画にね、ひとめぼれしたの。役者じゃなくってその映画そのものに心を奪われた。いつか主演としてこの人の映画に出たいって、そう思ってこの世界に入ったの」

「そうだったんですね」

「もうヒーローには頼らず地道に頑張る。いつか自分が本物のヒーローになる日まで」

「はい。期待の清楚系女優ですから」

俺はニヤリと笑った。

「……なんかムカつく」

「すみません」

「でも、あんたのこと嫌いじゃないわよ」

「ありがとうございます」

「恋人には到底無理だけど、友達にならなってあげてもいい」

「ありがとうございます」

「敬語やめなさいよ。その仕事っぽい感じ、嫌い」

「でも俺、敬語やめたら毒舌なんで」

「いいじゃない。ブラックなあんたもちょっと見てみたいわ」

「では、そのうちに」

「そのうち……ね。ほんと、適当なヤツね。あんたって」

多咲真生はじろりと俺を睨んだ。

「すみません」

苦笑する俺に、彼女はツンとしたまま「じゃあね」と言った。

「頑張ってください」

俺は力強くそう言うと、車から降りようとドアに手を掛けた。

「あのとき……一人にしてくれてありがとと」

「え？」

振り返ると彼女はニッコリ笑っていた。

「また一緒に海行こうね」

「はい。きっと、またいつか」

俺もニッコリ笑った。

車から降りると、再び窓がウィーンと下がった。そこから顔を出した多咲真生が満面の笑みで大きく手を振った。

「バイバイ、修司!!」

周囲の人間が一斉に俺を見た。

俺まで誰かに刺されたらどうすんだよ。

俺は苦笑いしながら走り去る車に小さく手を振り返した。

翌日、早めに仕事を切り上げミヤビの病室を訪ねると、社長の姿があった。

「社長、お疲れ様です」

「ああ修司くん。お疲れさま」

こんなによく見舞いに来るなんて、本当に社員思いの社長だな。

俺は見舞いの品をミヤビの枕元に置いた。いつのまにか枕元から足元まで見舞いの花や品物でミヤビの周りはいっぱいになっていた。

「いつもすまないね。見舞いに来てもらって」

「いいえ、そんな。ミヤビにはいつも助けてもらってたので、これくらいは」

「それじゃあ、僕はお先に失礼するよ。ミヤビ、ちゃんと安静にね」

「大丈夫ッスよー。ほんと心配性ッスねえ」

ミヤビは社長に話すのとは思えないほど気軽に答えた。

「それじゃあ修司くん、後よろしくね」

社長はそう言い残し、のしのしと帰って行った。

「ミヤビって、本当に社長と仲良いよねえ」

「ま、仲は良いッスねえ。ま、オレを会社に誘ったのも社長ですしね」

「そうなんだ！」

そういえば、前にミヤビは『エリートコース』で入社したと聞いたけど、社長直々のスカウトということなのか。

「ミヤビってさ……。やっぱ俺が思ってたよりも凄い人なんだね」

俺はお見舞いの品を見渡しながらしみじみと言った。

当の本人は「なんスかそれー」とケラケラ笑っていた。

「今日は奥さん来ないの？」

「昼間来てたッスよ」

「なんだ。会いたかったなあ。今度紹介してよ」

「いいッスけど……てか紹介ってゆーかあ……」

言葉を止めて、ミヤビは意味ありげに俺に視線を送った。

「なになに」

「修司さん知ってるッスよ？」

「え？」

「ウチの奥さん」

「えっ！　誰！　誰⁉」

驚いた俺を見て、ミヤビはいたずらっ子のような悪い笑みを浮かべた。

「誰だと思います？」

俺が知っている人ってことは、会社の人……？

「まさか……リンリン⁉」

「ちげーし！　ほんと、もう、修司さんって面白いッスね」

ミヤビはまたケラケラ笑い出した。

と、コンコンとノックの音がし、看護師さんが入ってきた。

「佐和野様、お見舞いの方がお見えですがご案内してもよろしいですか？」

ミヤビが「どーぞー」と答えると、後ろから和装をしたおじいさんがお付きの人に支えられるようにして入ってきた。

「やあミヤビくん、具合はどうだい？」

「ああ！　大井《おおい》会長、ご無沙汰してます。もうすっかり大丈夫ッスよ」

「刺されたなんて聞いたからびっくりして飛んできたんだよ」

「すんません。なんか大袈裟な話になっちゃって。実はそれほどの怪我でもないんスよね」

「本当かい。それはよかったよ。君にもしものことがあったら色々と大変だよ。お父様も倒れちゃうんじゃないかい」

「はは。確かに。卒倒しちゃいそうッスね」

会長と呼ばれたおじいさんは『御見舞い』と書かれた分厚い封筒を取り出すと、遠慮するミヤビに無理やり押し付けながら「何か必要なものがあればいつでも言いなさい」と念を押した。

俺はその光景を「さすがはどっかの会長は違うなあ」などとテレビを見ている感覚でぼんやり眺めていた。

「また近々お父様の方にもご挨拶に伺うから、よろしくお伝え願えるかね」

会長はミヤビの手を力強く握って、何度も頷いた。

「もちろんです。ついさっきまでここにいたんスけどねえ。ま、またすぐ来ると思うんで伝えときます」

ミヤビは普段と変わらぬ調子だった。本当にこの人は大物かもしれない。

会長が帰った後、俺はふとミヤビの言葉が気になった。

さっきまでここにいた……？　さっきまでここにいたのはうちの社長だ。

途端、頭に電流が流れた気がした。

まさか……！

俺はミヤビの肩を鷲掴《わしづか》みにして叫んだ。

「ミヤビのお父さんって社長なの⁉　ミヤビ社長の息子だったの⁉」

ミヤビは俺の剣幕に驚いた顔をしながら、「いや、まあ息子っちゃ息子なんスけど」と言葉を濁した。

「まあってなんだよ！」

「いや、だから、アレっスよ。義理の父ってやつ」

「義理の父？」

「奥さんのお父さんがうちの社長ッス」

「奥さんの……なーんだ……」

なーんだ奥さんの父親か……って……？

「ミヤビの奥さん、社長の娘⁉」

そりゃあ、エリートコースだよ。そりゃあ、社長が何度も見舞いに来るよ。

全てに納得した。

「なにそれ！　逆玉じゃん！」

「まあ世間的にはそう言うッスねえー。まあ、特に何のメリットもないッスけどねえ」

そりゃあ、どっかのお偉い会長さんも分厚い封筒持って見舞いに来るよ。

——と、いうことは。

「俺、社長の娘さんと会ったことあるの？」

「はい。てかみんなあるッスよ」

あの、ビキニの話に出てきた娘か。俺は頭を巡らせた。

「会社の人？」

「はい」

ミヤビはすでに笑いを堪えているのか、片頬を引きつらせていた。

「あっ！　そうだ、さっき確か看護師さんがミヤビのこと『サワノ』って……」

枕元のネームプレートを確認すると、確かに『佐和野　雅さま』とあった。

「佐和野……佐和野……佐和野って確か……誰か……」

宙を睨んでブツブツ呟く俺を見て、ミヤビが「プッ」と笑いを吹き出す音がした。

「そうだ！　佐和野!!　受付のあの美人!!」

「ビンゴっスー」

ミヤビはケラケラ笑いながらピースサインをした。

「マジかよーーー！！！」

俺はミヤビの足元に倒れ込んだ。

「お前なんだよ！　マドンナは苦手とか言っておいて！」

「だーかーらー、前に話したじゃないッスか。教室の隅っこで一人本読んでる女の子。覚えてます？」

「うん、覚えてる」

「その子が今の奥さんッス」

「えええーーー！」

「その当時から絶対めっちゃ美人になると思ってたんスよねえ。俺、人を見る目だけはあるんで。大正解っしょ」

「なんかズルいよ！　すげームカつく！！！」

「なんでッスかあー」

ミヤビは涙を拭いながら笑い続けていた。

「もう隠してることないよな！」

「別に隠すつもりもなかったんスけどねえ」

ミヤビはさらに声を出してケラケラ笑った。

「いいや、お前には絶対まだ隠し事があるはずだ！　絶対全部暴いてやるからな！」

「修司さん、もう、マジなんでそんなに面白いんスかあ？」

「面白くねえよ！」

俺の頭はショート寸前になっていた。

豪華な机の上には真っ白なままの紙があった。
何時間この前に座っていただろう。
いつのまにか広い窓から差し込んでいた光は消え去り、室内が暗くなっていること
にも気がつかなかった。
彼はおもむろに立ち上がり、風呂場の灯りをつけた。
そして電灯のまぶしさに目をしかめた。
蛇口をひねると暖かい湯が勢い良く溢れ出た。
湯船に溜まっていく湯をただ見つめた。
溢れ出した湯が足を濡らしても、彼はただ、それを見つめていた。

STEP5

いくつめかの岐路

その日は久しぶりの休みを取った。ベッドの上でゴロゴロしていると、携帯電話がブルブルと震えた。表示には『道野辺さん』とあった。

「すみません、修司くん。少々緊急のご連絡です。あなたの手が借りたいのですが、今どちらに?」

「今、家にいます。どうされましたか?」

めずらしく切迫した道野辺さんの声にベッドから跳ね起きた。

「詳しい話は後でします。本社まで来ていただくことは可能でしょうか」

俺は「すぐ行きます!」と電話を切った。


本社の自動ドアが開くと道野辺さんが待っていた。

「道野辺さん、一体何があったんですか?」

俺たちは速足で歩きながら話した。

「修司くん、お早いお着きで大変助かります。実は一昨日の夜から東條先生と連絡が取れないのですよ」

「ホテルにはいないんですか?」

「はい。昨夜からホテルで待機していましたが帰ってこられませんでした。もちろん部屋中探しましたがいらっしゃいません。ただ……」

「ただ？」

「湯船の中に……、携帯電話が沈んでおりました」

「湯船の……？」

背中に冷たい電流のようなものが走った。

「故郷の島は？」

冷や汗が頬を伝った。

「そちらは出版社の方が今向かっています。ご実家にも連絡を入れたのですが、今のところそちらにも連絡はないようで……」

道野辺さんはエレベーターのボタンを押して、落ち着かない様子で時計を見た。

「湯船に携帯……」

それが記憶の中の何かに引っかかった。

「なにかお心辺りが？」

…………そうだ。あるエピソードを思い出した俺は、回れ右をした。

「駅に行きましょう！」

「承知しました！　どちらに向かいましょう？」

道野辺さんが小走りで俺の後に続いた。

「とりあえず、電車に乗りましょう！」

駅で切符を買い、特急電車に揺られながら俺は道野辺さんに説明を始めた。

「昔、先生が売れる前、週刊雑誌のあとがきのようなスペースによく貧乏エピソードを描いていたんです。お金がないときにゆで卵しか食べないダイエットがあると知って、ゆで卵だけを食べ続けて、倒れて病院に運ばれたとか。だいたいが自虐的なネタで、それを面白可笑しく描いていて、僕はそれが大好きでした」

それらはまったく馬鹿馬鹿しい話だったが、まったく彼らしい話でもあった。

東條隼の描く話にはいつもどこか人間臭い馬鹿馬鹿しさがあった。それが彼の魅力だった。

「その中のエピソードのひとつにこういうものがあったんです」

当時、東條隼は追い詰められていた。どうしてもネタが浮かばず、時間だけが過ぎた。締切りはどんどん近づく。担当者からの電話は鳴りっぱなし。当時の担当者は厳しい人で相談をする勇気さえなかった。

追い詰められた東條隼は風呂を沸かした。そしてその中に鳴り続ける携帯を沈めた。

今回の行動はそのときと全く同じだった。東條隼はその後、着の身着のまま家を出て、有り金はたいて電車を乗り継ぎ、行けるところまで行こうとした。そのときの心境を彼は『とにかく逃げたかった』と綴《つづ》っていた。

しばらくすると電車の窓から綺麗な海が見えた。吸い寄せられるようにそこで降りた。そこで奇跡的にネタを思いつき、その後東京へ帰ったら捜索願を出される寸前だった、という話だ。

「なるほど」

道野辺さんは神妙な顔で聞いていた。

「先生の自宅から海の見える方向へ、とにかく電車で行って、窓から海が見えたらそこで降りましょう」

道野辺さんは「そう致しましょう」と、深く頷いた。

「そんなことも描かれていたのですね。今までの作品には全て目を通したつもりだったのですが……。いやはや私の勉強不足でした」

「しょうがないですよ。当時の月刊誌の後ろの方におまけ程度に載せられていたもので、単行本化されたときにはその話は載っていなかったですから」

「まさに生粋のファンだからこそ知っていること、ですね」

「僕は東條隼の漫画と共に青春時代を過ごしてきましたから」

どうか先生が無事に見つかりますように。俺は心の中で祈りを捧げた。

しばらく二人で電車に揺られ、東條先生の話をした。いかに俺が東條隼という漫画家に心頭していたか、とか今までの漫画で一番好きだった場面はどこか、など他愛もない話だった。道野辺さんは目を細めて俺の熱弁に耳を傾けていた。

「でもトントンが急激にヒットしたのは驚きました。あれも、もしかして道野辺さんの仕業ですか？」

連載が始まった頃、『トントン』はそれほどヒットしていたわけではなかった。

しかし、ある日男性人気ブロガーのアップした写真に写り込んでいたことで、彼のフォロワーと呼ばれるファン、特に若い女性の間で爆発的にヒットした。元々東條隼のファンには男性が多く、それに若い女性が加わったことで彼は一躍人気漫画家にのし上がった。

道野辺さんはニッコリ笑った。

「ヒットしたのは先生の漫画が面白かったからです。私はただ、その後押しをしただけのことで」

やっぱり、道野辺さんが仕掛け人だったんだ。

「どうやったんですか？」

「私ではなく、正確には違う人物ですが、彼がその人気ブロガーの男性に漫画を勧めたのですよ」

「一体どうやって？」

「それには特に仕掛けはございません。ただ、そのブロガーと仲良くなり、勧める。それだけです。写真に写り込んだのも全くの偶然です。私は常に彼のブログをチェックするだけ。そして、その写真を見つけ、ただ『その漫画、面白いですよね』とコメントを残したまで。後は自然と広がります」

「彼と仲良くなるって、そんなこと簡単にできるんですか？」

「そういったことが得意な人間もいるのですよ」

「てっきり道野辺さんが何か仕掛けたのかと思っていましたよ」

「私にはそれほどの才能はございません」

道野辺さんはゆっくりと首を振った。

俺は前に道野辺さんが言っていた言葉を思い出した。

——私は背中に羽の生えた男とはいまだに会ったことがないのですよ——

でも、俺には道野辺さんがそんなにも自分を卑下する理由がわからなかった。

「やっぱり、僕は道野辺さんは凄い人だと思います。僕だっていつか道野辺さんみたいに〝出来る男〟になりたいですもん」

すると道野辺さんは少し微笑んで言った。

「私はねえ、修司くん。昔、人生を一度捨てたのですよ」

予想もしない言葉だった。

「捨てた……？」

「まさに、ホームレスになったのですよ」

俺は驚きの余り大きな声を出してしまった。

「道野辺さんが……!?」

言った後、慌てて口を押さえた。

道野辺さんはそんな俺を見て、優しく微笑みながら言った。

「はい。ひと月あまりでしょうか。大阪のとある地区で段ボールをしいて道端に寝ておりました」

「道野辺さん……、が？」

今度は声を抑えて言った。

道野辺さんはやっぱり微笑んでいた。

「はい。そのとき出会ったのが野宮社長です。そして修司くんにそうしたように、私にも名刺を作ってくださいました。私は社長に名乗ったことはありませんでした。それなのに社長は名刺を作ってくださった」

名乗っていないのに名刺、とはどういうことだろう。

俺の疑問顔を見て、道野辺さんは微笑みを崩さずに言った。

「そこに書かれていた名前が道野辺です。そこから這い上がっていけということでしょう」

「道野辺さんって……本名じゃないんですか？」

「はい。この話をするのは修司くんで三人目です。一人目はミヤビくん。そしてもう一人……、最後の三人目が修司くん」

そういえば、道野辺さんからもらった名刺には苗字しか書かれていなかった。

変だなあとは思っていたが、まさか本名でなかったとは。

「もしよければ、聞かせてください。道野辺さんの人生を」

「少々長い話になりますが、時間潰しがてらにでも聞いてもらえますでしょうか」

道野辺さんは静かに語った。

これほど雄弁に語る道野辺さんは初めてだった。その話は時間を忘れさせてくれた。

ちょうど物語が終わった頃、電車の窓から美しい海が見えた。

「四人になりますね」

俺が言った。

「はい？」

「その話をする人」

俺は道野辺さんを見つめた。

「この後、東條先生で四人目になりますね。道野辺さんにとっては帰りの電車でもう一度同じ話をする羽目になりますけどね」

「……少しはネタの参考にでもなりますかねえ……」

道野辺さんは照れ臭そうに微笑んだ。

「それはもう。凄いネタになりますよ」

海辺に着き、その周辺をくまなく歩いた。三十分ほど歩いたところで、手すりにもたれかかり海を眺めている背中を道野辺さんが指差した。

「あちらです」

俺にはそれが本当に東條先生なのかわからなかったが、道野辺さんが言うのなら間違いないだろう。その背中から少し離れたところで足を止めた。

「行きましょうか」

俺が言うと、道野辺さんは優しく微笑んだ。

「ここは修司くんが一人で行ってきてください。私はあちらでお待ちしておりますので」

俺は深く頷いた。

「必ず、連れて帰ります」


「東條隼さん」

背後から名前を呼ばれた彼はビクッと身をすくめ振り向いた。

そして俺の顔を確認するとホッとしたようにほんの少し口の端を持ち上げた。

「何してるんですか？」

俺は彼の横に歩みよった。

「息してるの」

「それはそれは。偶然ですね。僕もですよ」

彼は更に少し口の端を持ち上げた。

「道野辺さんの口真似《まね》かい？」

「バレましたか」

俺も同じように口の端を持ち上げると、彼もまた少し笑った。

「息を吸うとねえ、体の中に潮の香が染み込んでくるんだよ」

そう言うと彼は目を閉じて、両手を少し広げ大きく息を吸った。

俺も真似して、目を閉じてから両手を大きく広げて息を吸った。

「この香りがねえ、最高にほっとするんだ」

ザザーンと波打つ海の音以外は何も聞こえない空間に、二人の呼吸の音が混じった。

自分が吐く息の音が耳の奥のほうでぼわんと広がる。

人は呼吸しながら生きている。こんな当たり前のことだけを体中で感じていた。

僕は何度か深呼吸を繰り返した。

ふと見ると、彼の手にはミルクせんべいの小さな袋が握られていた。

「それを食べたら……、一緒に帰りませんか？」

ちらりと東條先生の顔を見ると、彼はまっすぐ前を見据えていた。

「帰る……か……。僕は一体どこへ帰るんだろうね。一体どこへ向かっているんだろう」

俺が言葉を探していると、彼はおもむろにミルクせんべいをかじりはじめた。

「やっぱり練乳がないと味気ないね。うすーい味だ」

そう言って俺の前に袋を差し出した。俺はその中から一枚ミルクせんべいを取り出し、同じように少しかじってみた。

「本当だ。うすーい味ですね」

「いつ食べてもおんなじ味だ」

東條隼は愛おしそうにミルクせんべいを見つめ、ぽつぽつと語りはじめた。

それは『漫画家・東條隼』の歩んできた、長い長い道のりだった。


大学生になった東條青年は島を出て都会で一人暮らしを始めた。初めての都会は目にする何もかもが新鮮で衝撃的だった。

大学で漫画研究会に入り、その頃から新人賞へ投稿を始めた。

何作かが佳作を獲り、大学三年の秋、いよいよ大賞を手にし、在学中にデビューを飾った。

デビュー作はヒットした。本人もまさかと思っていたが『東條隼』の名前は瞬く間に広がった。もちろん、デビュー作のことは俺も知っていた。それ以来ずっと東條隼の漫画を追いかけて、読み続けてきたのだから。

彼は有頂天だった。自分には才能があるのだと確信した。

大学四年になった頃、連載と学業の両立に手いっぱいだった彼は、就活などには目もくれず漫画を描き続けた。両親は何度も就職を勧めたが、彼は自分の夢と可能性を信じた。みすみす目の前に転がっているチャンスを捨てることなど到底できなかった。

彼は大学を卒業し、漫画一本で食べて行くと決めた。

しかし、現実はそんなに甘くはなかった。

デビュー作の連載が終わった。それは突然のことだった。

理由は至極単純で、単行本の売り上げ部数が落ちたからだ。

それでも、彼は大きな不安を感じているわけではなかった。次の連載は決まっていた。物語は長く続けばマンネリ化もする。新しいものを描きはじめればまた売れると思っていた。

「僕の漫画が面白くないワケがない。そう信じていたから」

彼はそう言った。

しかし、その後も売り上げはどんどん下がった。下がれば下がるほど売り上げを気にするようになった。来週こそは売り上げが上がるかも、来月こそ、次の巻こそ……しかし思えば思うほど数字は下がった。そのうち数字を聞くのが怖くなった。

なんとかして売らなくてはいけない。

強迫観念にも似た思いに何度も押し潰されそうになった。あんなに楽しかった描くことは義務になった。あれはダメ、これもダメ、自ら選択肢を狭め、自分で自分の首を絞めていることにさえ気がつかなくなっていた。

なにを描いても面白いと思わなくなった。なにを描いていても楽しくなかった。それでも漫画家でいることを諦められなかった。

そのうちファンにも『迷走している』と揶揄《やゆ》されるようになった。『東條隼はもうダメだ』そんな声が耳に入るようになった。

最後の連載が打ち切られ、ついに新連載のオファーも来なくなった。貯金も底をつきそうだった。

まさに不幸のどん底だった。

「死のうと思った」

東條隼はただ静かに光る海を見つめて言った。

「僕には漫画しかなかったから。描くことでしか生きていく術を知らなかったから」

彼は一度も社会に出て働いたことがなかったのだ。

「それがダメなら、もう死ぬしかないって思った」

東條氏は、かつて見た海辺へ向かった。それがこの場所だった。最後にもう一度綺麗な海が見たかった。

その海辺をあてもなく歩いていると、近くに古い小さな商店があった。なんの気もなしにふらりと中に入った。その中で、ミルクせんべいを見つけた。子供の頃のように一枚薄いミルクせんべいをなにもつけずに、食べながら歩いた。薄い味がした。

一枚大切に食べながら歩いた。あの頃と同じ、薄い味がした。

潮の香り、ミルクせんべいの味。次第に頭の中に故郷の島が広がった。

そして、思い出した。

漫画を描くのが楽しくてしょうがなかったあの頃を。

自分の漫画を見て笑い転げた友達の顔を。

あの頃の自分がヒーローだったことを。

〝またみんなが笑ってくれるような漫画が描きたい〟

頭の引き出しに大切にしまっておいた思い出が一気に溢れ出した。

〝そうだ。僕が生まれ育ったあの島を舞台に描こう〟

それが『TORN&TONE』誕生の瞬間だった。

彼はこう言った。

「立てつけが悪くなった箪笥《たんす》を無理矢理こじ開けると、そこから溢れ出したものは全く色褪《いろあ》せてなかったんだ。色褪せる前に取り出せて本当によかった」

描きはじめてからは早かった。

舞台はあの島。主人公は高校生たち。未知なる力を持った奴らがやってきて、この島を渡せば日本を救ってやると言う。きっとこの島の人間以外はみんな『そんな島渡してしまえ』となる。でも主人公らはどうしてもこの島を守りたい。周りの人間は全て敵になる。それでも島を守りたい。そして日本も守りたい。さて、どうする。

面白いように物語が進んだ。描いているのが楽しかった。これをたくさんの人に読んでほしいと思った。もう一度みんなのヒーローになりたかった。

そして『ヒーローズ』に依頼を出した。

道野辺さんは原稿を読んでこう言った。「この物語には嘘がない」と。

物語の主人公のセリフは東條隼の思いそのものだった。魂がこもっていた。

「これは売れますよ」

道野辺さんはそう言って笑った。

そして、それは現実となった。東條隼は今をときめく売れっ子漫画家になった。テレビにもたくさん出て、一生懸命へタクソなつくり笑いをして、たくさんの人に漫画を読んでもらった。


順風満帆なはずだった。東條隼が今、何を悩んでいるのか、俺にはわからなかった。

「ねえ、修司くん」

東條先生は海を見つめたまま問いかけた。

「東條隼は一体何者なんだろうね」

俺はすぐに答えることができなかった。質問の真意を図りかねていた。

東條先生は続けた。

「この先、彼はどこへ向かっていくのだろう」

彼は漫画家であり続けることに迷っているのではないか、ぼんやりとそう思った。ヒット作を描き続けることが辛くなってしまったのだろうか。

わからないながらも、俺はなるべく自分に正直な答えを出した。

「僕の知っている限り、東條隼は漫画家です。それも僕の知っている中で最高の漫画家です」

彼は黙ったまま、海を見ていた。

「僕は東條隼の描く漫画が好きです。理由なんて聞かないでください。難しいことはわかりませんから」

彼はほんの少し片頬を持ち上げた。

「……適当だなあ」

俺は大きな声で立て続けに話した。

「でも好きってそういうことだと思うんです。大層な理由をつけなきゃ『好き』ってことすら言えないのなら、そんな世の中ならもうなくなってしまえばいいんだ」

彼はフッと息を漏らして微笑んだ。

「……大袈裟だなあ」

俺は更に続けた。

「好きだから読みたい。これからも東條隼の漫画が読みたい。ただそれだけです。僕の完全なるエゴです。それに付き合ってください」

彼の視線はずっと、遠い水平線を見つめていた。

「……我儘《わがまま》だなあ」

そう言う彼の目はとても優しかった。

「僕は一生、東條隼の描く漫画のファンでいます」

彼はピクリとも動かなかった。

「だから、描いてください。東條隼にしか描けない漫画を」

俺の言葉にまた小さく口の端を持ち上げた彼は、目を細めながら言った。

「東條隼にしか描けないもの。果たしてそれがあとどのくらい残っているんだろう」

俺は彼の視線の先を追った。きらきら光る水平線の向こうでは太陽が、薄い雲の膜を経てやわらかい光を放っていた。

美しい景色だった。

今こうして俺たちが並んで見ているこの景色は、きっとまた彼の引き出しに入り込み、新しい世界を生み出してくれる。

俺はもっと見たい。東條隼が創る世界をもっと見ていたい。

「……たくさんありますよ。きっと」

きっぱりと言い切った俺の顔を東條隼が見た。そして、眉を下げて苦笑した。

「無責任だなあ」

それからしばらく、僕たちは黙って同じ景色を眺めた。

「修司くん、ありがとう」

そう言った東條先生はとても落ち着いているように見えた。

俺はいくらかほっとして応えた。

「いえ、僕はなにもしていません」

「そんなことないよ」

彼は優しく笑った。

「帰ろうか」

俺は笑顔で「はい」と答えた。

道野辺さんが待つ場所まで案内しながら、俺は東條先生に質問した。

「ひとつだけ、ずっと聞きたかったことがあるんです」

「なんだい？」

「どうして、僕に名刺をくださったんですか？　たった一週間だけのバイトだったのに。わざわざ似顔絵まで描いてくださって」

東條先生はニヤリと笑った。

「きみが僕のファンだったから」

言い当てられて絶句してしまった。隠していたつもりだったのに。

「隠していてもわかるんだ。本当に自分の漫画を好きでいてくれる人の目は。きみが僕の話を聞くときの目はいつも本当にキラキラしていたからね」

「バレてたんですね。実は、デビュー当時からずっと読み続けていたんです。貧乏エピソードを読んではあなたの成功を心から祈っていた。東條隼の大ファンです」

東條先生は、めずらしく声に出してははと笑った。

「今日は本当にありがとう。お陰で覚悟が決まったよ」

このとき、この言葉の意味を俺はポジティブにとらえていた。

俺は上機嫌で言った。

「また御用があればいつでも呼んでください」

東條先生は微笑みながら「ああ」と頷いた。

しかしそれから一か月、俺が東條先生に呼ばれることはついに一度もなかった。

待ちに待った、トントンが載っている月刊誌の発売日。俺は意気揚々と重たい雑誌のページをめくった。

しかしそこにあったのは予期せぬ結末だった。

「道野辺さん……コレってどういうことですか……」

東條隼の『TORN&TONE』が載っているページをめくったまま、俺は道野辺さんを見つめた。

連載の最後のコマにあったのは『続く』ではなく『完』の文字だった。

道野辺さんはただ寂しそうにそっと微笑んだだけだった。


俺は東條先生の下へ向かった。

先生は自宅にいた。電話で「今から行きます」とだけ言った俺に、東條先生は何も訊かずに「わかったよ」と答えた。

東條先生の自宅へ到着した俺は、そのアパートの外観にまず驚いた。

とても売れっ子漫画家が住んでいるとは思えない、築何十年と経っていそうなボロアパートだった。

玄関先にあるインターフォンを押すと、暗い廊下にジーッと軋んだ音が響いた。

「コーヒー飲むかい？」

扉を開けた先生は開口一番、優しく微笑みながらそう言った。

インスタントのコーヒーを東條先生が淹れてくれて、俺は頭を下げてそのカップを受け取った。

「ホテルのコーヒーみたいに美味しくはないよ」

俺はただ黙って頷いた。

勢いで来てしまったものの、何と言って話を始めたら良いのかわからなかった。

頭の中をぐるぐる回る「どうして」の文字を、どうやって東條先生に伝えたら良いのか、必死に頭を巡らせていた。

口火を切ったのは東條先生だった。

「驚いただろ？」

ポツリと言った言葉に、俺は深く頷いた。

「最初から決まっていたことなんだ。ただ、劇場化されることでそれが一年延びていただけなんだよ。奇跡的にね」

東條先生は続けた。

「道野辺さんは、それはもう色々な方法で僕にチャンスをくれた。様々な仕掛けをしてくれたよ。結果『TORN&TONE』はみんなに愛され、ヒットした。もう何も思い残すことはない」

東條先生はひと時息を止めた後、ははっと笑った。

「……なーんて言えたらカッコいいけどね。本当は未練タラタラだったんだ。最後の最後まで、最終回を描こうか描くまいか迷っていた。もう一年延ばすかと出版社から打診があったからね」

「それなら……！」

どうして延ばさなかったんですか——

その言葉をグッと飲み込んだ。先生の中にはきっと俺にはわからない葛藤や考えがあったことはわかっている。でも悔しかった。なぜか、とても悔しかった。

「こっちはそもそも終わるつもりで話を練り上げていたからさ。延ばしたところでその部分のエピソードは蛇足でしかない。それはわかっていたけど、でもやっぱりヒット作を手放すのは怖くてね……」

トントンはまだまだ続くと思っていたのに。

『東條隼はこの先どこへ向かっていくのだろう』

海辺で東條先生が言ったセリフを思い出し、唇を噛みしめた。

「でも、やっと最終回を描く決心がついたんだ。誰かさんのお陰でね」

「誰かさん……？」

「彼はねえ、適当で、大袈裟で、我儘で、無責任で、だけど最高の僕のファンなんだ」

頭の中が真っ白になった。

俺のせいで……？

あのとき、俺がかけた言葉で先生は最終回を描く決意をしたのか……？

「俺のせい……ですか？」

気づいたらその言葉が口から出ていた。

「そんな風に思わないでくれ。感謝しているんだ。僕には一生離れないファンが最低一人はいるんだと思えたから。味方がいる。これほど頼もしいことはない。誰が僕の漫画に見向きもしなくなったって、君だけは待っていてくれる。何も恐れることはないって、そう思ったんだよ」

俺は何も言えなかった。

穏やかに話す東條先生の顔が、本当に満足そうに見えたからだ。

「ありがとう。あの最終回が描けて僕は本当に満足している。僕の漫画家人生、会心の出来だ」

そう言って屈託なく笑った彼は、きっと初めてクラスメイトに漫画を見せたときと同じ顔をしているに違いない。俺は唇を噛みながらそう思った。

「先生とお話しになったのですか？」

道野辺さんは優しく微笑んでいた。

「はい」

「修司くんとしては納得できましたか？」

「納得するもなにも……決めるのは東條先生ですから……俺は何も言えません」

「飲みませんか？」

道野辺さんは温かい缶コーヒーを差し出してくれた。俺は「ありがとうございます」とそれを受け取った。

「最終回なんて……。俺、そんなことも知らずに先生に無責任なことばかり言いました」

プルタブを開け、温かいコーヒーを一口飲んだ。

「もしかしたら俺の無責任な言葉が……東條先生の人生を左右するきっかけになってしまったのかもしれないと思うと……」

「……怖いですか？」

「はい………」

「自分の言葉や行動で、誰かの人生が変わってしまうかもしれない」

「はい………」

道野辺さんは、手の中の缶コーヒーに目をやった。

「私がホームレスになった話を知っているのは社長と、ミヤビくんと、修司くんと、この前お話した東條先生。それにあと一人……誰だと思いますか？」

「……わかりません」

正直、そんなことを考えられる気分ではなかった。

「佐々木拓」

一瞬「誰だよ、それ」と思い、驚いて道野辺さんを見つめた。

「え？」

「あなたと同じコンビニでアルバイトをしていた佐々木拓くんです」

「え……拓？　知り合い……ですか？」

俺はまったく話が飲み込めないでいた。

「あ！　ヒーローズで働いている拓の知り合いって道野辺さん？」

道野辺さんは静かに微笑んだ。

「彼は人脈を広げるスペシャリストです。先日お話した『トントン』の仕掛けにも携わってくれました。内密でスカウトもしております。いわゆるアンダーグラウンドな社員というやつです」

「拓が、ヒーローズの社員……？」

俺は思わず笑った。

「拓くんが目をつけた人に名栢くんが会いにいき、合格なら電話をする。そのような流れです。レジでおにぎりを落とした人を覚えていませんか？」

俺はコンビニでおにぎりを落としたどん臭そうな男を思い出した。確かへしゃげたおにぎりを交換してあげた。あのときの彼が……。

「もう、何がなんだかわからないな……」

「修司君、彼らの人を見る目は素晴らしいのですよ。彼らに選ばれたあなたは、その時点で我が社の信用を勝ち取ったようなものだ。だからこそ、三パーセントの中に入ったのですよ」

道野辺さんは静かに語った。

「人は常に誰かと関わり合い生きています」

そして手に持った缶コーヒーに視線を落とした。

「例えばこの缶コーヒーの開発に携わった人も。これが開発され私たちの手に渡るまで、一体どれほどの人の時間と手間がかかったのでしょう。直接的ではないにしろ、彼らも今まさに私たちの人生に関わっているのです」

俺も缶コーヒーに目をやった。それはさっきからずっと俺の手のひらを温め続けてくれていた。

「その影響が大きいか小さいかはさておき、人生とはえてしてそのようなものだと私は思います」

道野辺さんはいつもの優しく微笑みで俺を見つめた。

「道野辺さん、少しだけ……休みを取ってもいいでしょうか」

「うちは自由勤務ですから。好きなときにお休みください」

俺は黙って頭を下げた。

「でも私は、修司くんはこの会社でやっていける人だと確信していますよ」

「どうして拓は俺なんかを選んだんでしょうか」

「それは修司くん、きみが本当の優しさを持っているからですよ。そして何よりも物事に対して真面目です。その人間性というものは一朝一夕で手にできるものではありません」

俺はもう一度、深く頭を下げてから扉へ向かった。

「修司くん」

振り向くと、道野辺さんは寂しそうな眼差しで俺を見ていた。

「またここでお会いしましょう。私としましても、心許せる同僚が増えるのは嬉しい限りなのですよ」

俺は何も答えずにただ微笑んで、道野辺さんの少し寂しそうな微笑みに背を向けた。

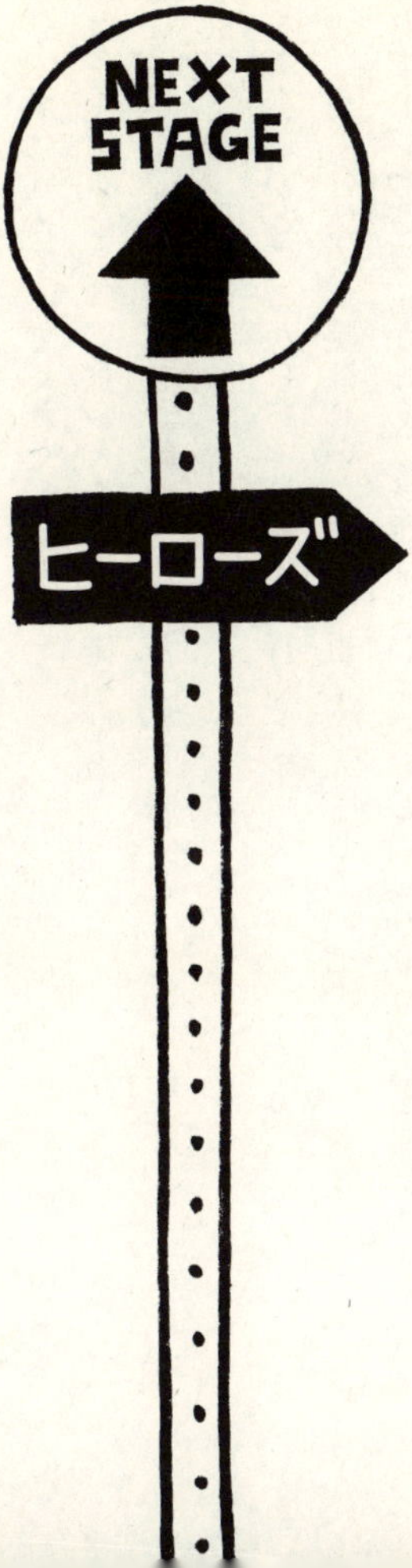
NEXT
STAGE
ヒーローズ

「にいちゃん前にも買っちくれとったねえ？」

販売所のおばさんは真っ赤なリンゴを無造作に袋に詰めながら言った。

「そうです。覚えていてくれたんですね」

おばさんは顔を上げ、食い入るように俺を見た。

「ここらへんではよう見なか顔やけん。どこから来よると？」

「東京です」

「んまあー遠いところからあ。見舞いに行くと？」

「はい。そこの奥の病院にじいちゃ……祖父が入院していて」

「それでわざわざ東京からあ。孝行孫やねえ。おじいはリンゴが好きね」

「いや……正直よくわからないんですけど、九州産のリンゴって珍しいのかなとか思って……。ほら、青森とか寒い地方の果物なイメージだから……」

「なーんの、珍しいっちゅうこつはなか。出荷はせんばってんここで売ったり残ったら近所にも配るとよ」

「近所に配るんですか？」

「そうよー。あんたのおじいもこの近くやったら配っちおるかもしれんけん」

販売所のおばさんは豪快に笑った。

「じゃあ買って行ってもおんなじですね」

「なしてさ？」

「だってよく食べてるわけだし……」

「同じわけなかろう」

「でも……」

「近所のおばあからタダでもらうリンゴと、孫が働いた金で買っちくれたリンゴが、同じ味んわけなかろうよ」

おばさんはニッと笑うと「ほい」とビニール袋を差し出した。


病室をひょいと覗くと、母が素早く反応した。

「修司⁉」

俺はなんとなく照れ笑いしながらベッドに近づいた。

「今日は休みなの？」

「うん。連休取れたんだ。ホテルも取ったし二、三日こっちに泊まるよ」

「連絡しろって言ったのにー。あんたはいっつも急なんだから」

バシッと腕を叩かれ、あまりの衝撃に少々よろけた。

母が花瓶の水を換えてくる、と病室を後にしたのを見計らい、俺はじいちゃんに話しかけた。

「じいちゃん、実は俺、一年以上も前に、前の会社やめてたんだ」

「そうね」

じいちゃんは顔色一つ変えず、おいしそうにリンゴを食べ続けていた。

「今は違う仕事してるけど、それも続けるか少し迷ってる。まだ母さんには言ってないんだけど……」

「よかよか」

「ん？」

「母さんになんか言わんでもよか。じいちゃんにだけ言うたらよかよ」

俺は少し笑った。

「人の人生に関わるってさ……怖いことだよね」

じいちゃんはリンゴを食べる手を止めると、俺の目を見て、優しく微笑んだ。

「なーんの、なんも怖いことなか」

「でもさ、俺の言葉で誰かの人生を変えることになるかもしれないんだよ」

じいちゃんはゆっくり首を振った。

「人ん道なんてもん、変えよう思っち変えれるもんやなかとよ」

「そっか……」

「なるようにしかならん。心配せんでよか」

じいちゃんはもう一度微笑みながら言った。

「じいちゃんがついとるで、なーんも怖いこつあるかい」


じいちゃんに「また明日来る」と伝え病室を出ると、後ろから母が追いかけてきた。

「どうしたの？」

「あんた今から時間あるんだったらちょっとおじいちゃんの家寄ってくれない？　少しずつ片づけしたいんだけど一人じゃ大変なのよ」

「ああ、別にいいけど……」

「そう、助かるわ。じゃあおじいちゃんに帰るって言ってくるからちょっとだけ待ってて」

「わかった……。下の椅子で待ってるから慌てなくていいよ」

母が病室に戻ってからほんの数分後、待合で座っている俺の前に母が現れた。

「早かったね」

「おじいちゃんが、修司を待たせてるなら早く行けって」

「そっか。別によかったのに」

「一人で待たせたら可哀そうだってうるさいのよ。まったく、もう子供じゃないのに」

独り言のようにブツブツ言いながら歩く母さんに俺は続いた。


「うわあ……凄いな……」

「あんたおじいちゃん家に来るの何年振りになるかしら」

「もう覚えてないよ……」

片づけていた途中なのか、古い部屋はたくさんの物で溢れていた。

「そうよね。いつも東京に来てもらうばっかりであんたは全然帰ってなかったものね」

「母さんだっていうほど帰ってなかったじゃないか」

俺は辺りを見渡しながら少々圧倒されながら言った。

「で、何を片づけるの？」

「何もかもよ。少しずつ、大切なものとか、必要なものとか仕分けてるの」

「なんで？」

「なんでって……色々と準備しとかないといざとなったとき何がどこにあるかわからないと大変なのよ」

いざとなったとき……。その言葉に胸がきゅっと苦しくなった。

「俺は何したらいいの？」

「裏口から出たところに納屋があるから。そっちを一緒に整理してくれない？　農作業の道具とかいっぱいあって一人じゃ動かすの大変なのよ」

「はいはい」

俺は先に納屋へ向かった。

「母さん……これ、どこから手えつけたらいいんだよ」

中には何がなんだかさっぱりわからない、土がついたままのたくさんの道具が置いてあった。

「とりあえず細かいところはいいから。大きなもの動かして」

後ろから母の声がした。

「前もって言ってくれてたら汚れてもいい服着て来たのに……」

「こっちのセリフよー。まさか今日来るなんて思ってなかったもの」

二人で片づけを進めていると、比較的綺麗な、けれど古びた虫取り網と黄緑色の虫籠が置いてあるのに気づいた。

セミの捕り方を、こーうしてなあ……と説明するじいちゃんが浮かんだ。

「じいちゃん、まだ虫捕りしてたのかなあ」

「するわけないでしょ。それ、あんたのよ。覚えてないの？」

「俺の？」

「あんたが我儘言うからおじいちゃんがわざわざ市内まで行って買ってきてくれたんじゃない。全然覚えてない？」

「全然覚えてない……。俺、なんて言ったの？」

「突然、カブトムシが捕りたいって言い出したのよ。それで……ああっ！」

ガシャーンと派手な音を立てて、母の持ち上げた両手から何かの空き缶やら箱やらが床に転がり散らばった。

「ああ……もう……」

「大丈夫?」

「大丈夫だけど……やっぱり凄い量ね。よくわからない荷物が……」

母は少し溜息をつくと俺に「ほら、今日しかいないんだから手を動かして」と言い残し、埃にまみれたエプロンを首から外しながら玄関へと向かった。ほどなくしてバタバタとエプロンをはたいているだろう音が聞こえてきた。

「修司ー！　お母さん郵便局行くの忘れてたからついでに行ってくるわー。ジュース買ってくるけど何がいい？」

エプロンを外したついでに、という意味だろうか。なにやら用事を思い出したらしい。

「じゃあ缶コーヒー買ってきて」

「甘いの？」

「うん。ほどほどに甘いの」

「難しいわねえ！　じゃあ、少しずつでいいから片づけお願いねー」

はーい、と気の抜けた返事を返して、足元に散らばったままの缶やら箱やらを見渡した。

「懐かしいな……」

ブルーの丸いクッキー缶の前にしゃがみ込んだ。外からは絶え間なく聞こえる鈴虫と蛙《かえる》の合唱。一人になったとたんしーんと静まり返った空間にリンリンゲコゲコと響いている。

ブルーのクッキー缶の上を手のひらでそっと拭ってみた。分厚い埃が灰色の綿の塊になってふわふわと空気の揺れになびいた。両手に持って耳を近づけ振ってみる。中からは何の音もせず、埃が顔の前で舞っただけだった。

「空か……」

左手で缶を抱えるようにして、右手の指を蓋の縁にかけて力を込めた。ガコッと鈍い音がして更に埃が舞った。

空っぽの缶の中は外からは想像できないほど綺麗な銀色に光輝いていた。

そっと蓋を閉じ、その蓋に載っているクッキーの写真を見つめた。このクッキー缶のことはいやによく覚えている。大好きだったんだ。じいちゃんの家に行けば必ずこのクッキー缶があった。中には様々な種類のクッキーが溢れんばかりに入っていて、蓋を留めているセロテープのようなフィルムをピーっと剝《は》がしてこの缶を開けるのは俺の役目だった。砂糖が塗《まぶ》されたのや、分厚い丸いの。四角くてチョコとプレーンが交互になったなんだかオシャレなやつ。俺が一番好きだった、真ん中に赤いジャムがのったもの。毎回ジャムが歯にくっついたけど、それが楽しくて嬉しくて仕方なかった。

毎回食べ切れなくてお持ち帰りをしたこのクッキー缶。来るたびに新しい缶が用意してあった。あのときはまだばあちゃんもいて……。

頭の中の遠いところにあった記憶が色濃く蘇ってきた。

そうだ……、あの虫捕り網も……。

『カブトムシが捕りたい！』

突然、幼い頃の自分の声が頭の中で響いた。

学校で友達がカブトムシを買ってもらったと自慢してたんだ。夏休みの自由研究に観察日記をつけるんだって言ってた。俺はそれが羨ましくって、自分で捕ってやろうと思ったんだ。カブトムシが山にいるならじいちゃんの家で捕ろう。

じいちゃんの家に着いた初日、夕飯のときにそのことを思い出し俺は言った。

「じいちゃん、俺カブトムシが捕りたい！」

じいちゃんは笑いながら「カブトムシを捕るなら明日の朝四時には起きないかん」と言った。

「そんなに早く⁉」

「カブトムシは早起きやけんな。ばってんなんの仕掛けもしとらんから、はよう行っても捕れんかもしれんけん」

そう言ったじいちゃんに父さんも続いた。

「修司、明後日は海に行くんだし、明日の朝はゆっくり寝ないと疲れが取れないだろう。それにカブトムシ捕るのはけっこう難しいんだぞ」

「そうなんだ……」

俺はガッカリしてその夜は眠った。旅の疲れもあったのか、次の日目が覚めたのは四時どころか九時を半分もまわろうかとした頃だった。

「あら、お寝坊さん起きたの。早く朝ご飯食べちゃわないとせっかくのお昼食べられないわよ」

「お昼なんなの？」

「みんなでスーパーの横のラーメン屋さんに行きましょう」

「やったあ！」

俺は急いで朝ご飯を食べた。

食事も済み、テレビを見ながら暇を持て余していると、ふとじいちゃんがいないことに気がついた。

「じいちゃんどこ行ったの？」

「市内まで買い物に行ったのよ。じきに戻ってくるわ」

「ふうん」

母さんの言った通り、じきにじいちゃんが帰ってきた。

「ただいまー。修司、ほら、これ見てみんさい」

「なになに？」

俺は玄関に駆け寄った。

「虫網と籠たい」

わあーと歓声を上げた俺にじいちゃんは俺以上に嬉しそうに笑いながら言った。

最新式やー言うて売っとったんよ――

俺は埃を被ったクッキー缶をそのまま床に置くと、さっき見つけた虫捕り網と籠のところへ戻った。

「これだ……」

目の前の薄汚れた籠から、鮮やかな黄緑がくっきりと脳裏に蘇った。

黄緑の籠と大きくて立派な網。俺は喜びいさんで玄関を駆け出した。後ろから「お昼には帰ってくるのよー」と追いかけてくる母さんの声に「はーい」と返事して、裏手の山まで「早く早く！」とじいちゃんを急がせながら走った。

もしかしたら寝坊なカブトムシが一匹くらいいるかもしれない、と胸を躍らせたが、蝶やバッタや名前も知らない虫はたくさん見つかっても、いくら目をこらそうと茶色い幹につかまる黒々と光るカブト頭を見つけることができなかった。

「やっぱりもういないね……」

額から流れる汗を腕で何度も拭いながら半ばあきらめかけたとき、じいちゃんは突然「ちょっと網貸してみい」と俺の前に手を差し出した。俺が網を手渡すとじいちゃんは二、三歩山の中に足を踏み入れ、木の上のほうに目線を上げてなにやら狙いを定めた。

「いたの⁉」俺の声と同時に網がバサッと木の幹に覆いかぶさった。

「じいちゃん、いたの⁉　捕れた⁉」

網をくるりと返して、じいちゃんは歓声を上げる俺にニッと笑ってみせた。

「カブトムシやないけど、ほら見てみい」

「なにが捕れたの？」

網に包まれて姿を見せない獲物に俺は興味津々で近づいた。その瞬間、目の前で『ヂヂッ』とものすごく大きな音がした。

「うわあ!」驚いて後ろに飛びのいた俺を見て、じいちゃんは「はっはっは」と口を大きくあけて笑った。

「ミンミンゼミや。カブトムシはおらんと、セミやったらいくらでも捕れる」

「セミ……」

じいちゃんの持つ網の中で『ヂヂッ』と何度も暴れるセミを俺は遠巻きに見つめた。するとじいちゃんは網をくるっとまわした。開いた口からセミが再び『ヂッ』と大きな声で文句を言いながらあっと言う間に飛び立ってしまった。

「あー! じいちゃん、逃げちゃったよ」

「心配せんでも、セミならそこら中にいくらでもいるちゃ。修司も捕ってみぃ」

じいちゃんはニカッと笑った。

セミは案外簡単に捕れた。

「捕れた! 捕れた! じいちゃん、どうしたらいいの?」

網に入ったまま暴れるセミを持て余し、俺はじいちゃんに助けを求めた。

「手で摑んで籠に入れたらよか」

「手で⁉」

「そうや」

じいちゃんは平然と答えた。

「嚙まれない……？」

不安そうに聞いた俺に、じいちゃんは「はっはっ」と笑った。

「嚙むことあるかいな」

しかし恐る恐る手を近づけると、セミは突然『ヂヂッ』と暴れた。

「うわっ！」

「なんや、修司はセミが怖いんか？」

「怖くはないけど……」

そう言いつつもまた手を近づけると、まるで『触るな！』とでもいうように『ヂッ！』と文句を言われる。

「うわっ！　……やっぱちょっと怖い」

「はっはっは」

〝まるで昨日のことのように〞この言葉がぴったりだった。鮮明に記憶が蘇ってくるのはどうしてなんだろう。

ろくに会うこともなかったじいちゃんとの思い出を、今になってもっと作っておけば良かったと後悔しているのだろうか。まったく都合の良い話だ。

もう何年もずっとここに置かれていたであろう当時の最新型の虫捕りセットはきっとまた俺に使ってもらえることを願っていたはずなのに。二度目の出番は来ないまますっかり埃にまみれて色褪せてしまった。

ひょっとしてじいちゃんの人生を「なーんの面白味もない」ものにしてしまった責任の一端は俺にあるのかもしれない。俺がもっと密な時間を重ねていれば、じいちゃんの人生はもっと彩りに溢れたものになったのだろうか。

網からひょいとセミを摑んで籠に移したじいちゃんは俺に言った。

「こんなもん素手でも捕まえられるぞ」

「うっそだーあ」

「じいちゃんは嘘なんてつかん」

じいちゃんは「ちょこっと待っとれ」と、再び山に入った。

ガサガサと草を踏み歩き、じいちゃんは俺を呼んだ。

「修司ー、こっち来てみんさい」

俺は急いでじいちゃんの傍に走った。

「よう見とれよー」

太い木に掴まるセミの下から、じいちゃんがお椀型にした手をそーっと近づけた。

そして、シュッとセミを覆うように、一瞬で捕まえてしまった。

「じいちゃん、すげーよ！」

セミはじいちゃんの手の中で『ヂッ……』と情けない声を出した。

セミを籠に入れたじいちゃんが言った。

「修司もやっちみるか？」

「うん！」

じいちゃんはしゃがんで俺の目の前に手を出した。

「こーうして手を丸くしてな、下からそーっと……」

こーうして手を丸くしてな……病院の白いベッドの上でしわしわになったじいちゃんの手が浮かぶ。そーっと、そーっとやぞ。こーうしてこう、ほら修司。怖がらんでよか。ギュッとするんじゃなか。そう、そのままゆっくりな。あーあ、逃げてしもた。ほら、あっちにもおるわ。焦らんでええ。思い切って触ってみい。なんも怖いことなか。じいちゃんがついとるから。ほら、あそこにも……。

「あー時間切れやなあ」

遠くから母さんの呼ぶ声が聞こえて、じいちゃんが残念そうに言った。

そうだ。そうだよ、じいちゃん。全部思い出した。

結局俺は最後まで、素手でセミを摑むことはできなかったんだ。

あの夏、俺はセミが怖い弱虫のままだった。

「また来年、捕ったらよか」

じいちゃんは帰りを渋る俺にそう言った。

「来年も教えてね。約束ね」

俺は右手の小指をじいちゃんの前に差し出した。

もう一度、その古びた網を手に取った。

じいちゃんはずっと捨てないでいてくれた。網も籠も。

なんだよ。約束したのは俺のほうだったのに。

セミが触れない弱虫の俺は弱虫のまんま、あの約束を忘れたまんま大人になってい
た。

「ただいまー」

外から母さんの声がした。

「あら、ちっとも進んでないじゃない。ま、いいわ休憩しましょ」

納屋を除いた母さんが言った。

居間に戻って、母さんは俺にほどほどに甘い缶コーヒーを差し出した。

「このクッキー缶、懐かしいよ」

納屋から持ち出した青い缶を、片手で叩いて俺が言った。

「あら覚えてたの？　それ、この前おじいちゃんに怒られたのよ」

「どうして？」

「修司が帰ってくるならなんでクッキー缶を買ってやらなんだって。だから、母さん、もう子供じゃないんだからクッキーなんて食べないんじゃないって言ったの」

じいちゃんは俺の好物を覚えていたのか。胸が温かくなった。

「そしたらおじいちゃん、しばらくしてお財布から一万円札を出してね、メロンが食

べたいからデパートで一番上等なヤツを買ってきてくれって言うのよ」

「え?」

俺はあのとき食べた桐の箱に入った上等そうなメロンを思い出した。

「てっきりおじいちゃんが食べるんだと思って奮発して上等なの買って帰ったら、クッキーの代わりに修司にそれを出してやれって。見舞いでもらったことにしろって。あんたが食べるだけならもっと安いのにすればよかったわ」

きっとじいちゃんは大きくなった俺の好物がわからなかったんだろう。ならせめて普段食べないような高級なものを、と思ってくれたのだろう。

俺、どんな顔してあのメロンを食べていたんだろう。

もっと大切に食べれば良かった。

ふいに涙がこぼれそうになり、俺は慌てて缶コーヒーを飲んでそれをごまかした。

「今日はお土産があるんだ」

じいちゃんの前に俺は青いクッキー缶を差し出した。

昨日、母さんから店を聞いて買いに走ったが、もうその店はなくなっていた。

俺はそれから街中を駆け回り、ようやくこの缶を見つけた。

「懐かしかねえ」

じいちゃんは目を細めた。

「これ今でも好きだよ」

「ほれみろ。修司もまだまだ子供よ」

じいちゃんはリンゴを剝いていた母さんに向けて、得意げに言った。

「もうすぐ二十七になるけどね」

「二十七なんぞ、まだまだ赤子のごたるもんね」

「赤子か」

まさかこの年になって赤子呼ばわりされるとは思ってもいなかった。

俺は一緒に買ってきた缶コーヒーを差し出した。

「じいちゃん、コーヒーは無糖？　それとも甘いやつ？」

「わしは甘い方がよか」

「はい」とコーヒーを渡して、クッキー缶の周りのセロテープをピーっと剝いだ。

まるで小さな子供に帰ったようにワクワクしながら蓋を開けると、甘い匂いがふわっと広がった。

みんなでクッキーを食べながら他愛もない話をした。

ふと俺はあの言葉を思い出し、じいちゃんに尋ねた。

「じいちゃんの人生はどんな人生だったの？」

じいちゃんは微笑みながら言った。

「なーんの面白味もない人生やったよ」

あのときと同じ言葉だった。

「仕事ばーっかり一生懸命してなあ。贅沢《ぜいたく》もせんかったしなあ」

けどなあ、とじいちゃんは続けた。

「ほーんに幸せな人生やった」

じいちゃんはニッコリ笑った。

「こぎゃんしてうまいもんばっかり食うてなあ」

そう言って俺が買ってきたクッキーとリンゴを交互に食べるじいちゃんは本当に幸せそうだった。

「じいちゃん、おれに嘘ついたろ」

俺はニヤリと笑った。

「じいちゃんはお前に嘘なんかつかん」

じいちゃんは澄ました顔で言った。

「嘘だよ。だって俺、結局最後までセミを素手で捕まえることができなかったんだもん」

それを聞いてじいちゃんはニッと笑って俺を見た。

「なーんや、思い出したんか。せっかく恰好よか思い出に変えたろうと思ったんに」

「全部思い出したよ」

じいちゃんは嬉しそうにもう一つクッキーに手を伸ばした。

「来年の夏はセミ捕りに行こうか」

俺もクッキーに手を伸ばし言った。

「おまえさんが怖がらんかったらな」

「怖がらないよ。もう子供じゃないんだから」

最終日の三日目、少しの時間だったがじいちゃんに挨拶しに行った。

「また来るからね」

「忙しいのに無理せんでよかよ」

よく言うよ。俺は笑った。

「じいちゃんさ……。俺にとって人生最初のヒーローは、素手でセミを捕まえるじいちゃんだったのかもしれない」

じいちゃんは嬉しそうに目を細めて微笑んだ。

「俺、今ヒーロー作る仕事してるんだ」

「ほんな、よか仕事やて」

「うん、いい仕事だよ」

素直にそう思えた。この仕事を続けよう。俺の心はもう決まっていた。

「頑張っていっぱいヒーロー作るよ」

じいちゃんはうんうんと頷いた。

「ほんな、幸せなことやて」

じいちゃんは最後まで笑っていた。

「年末にでもまた来るよ」

バス停まで見送りに来た母さんに伝えると、目を丸くしていた。

「ええー、最近どうしちゃったの。仕事は大丈夫なの？」

「そのことなんだけど……」

俺は、一つ息を吸って思い切って話した。

「実は去年の夏に辞めたんだよね……前の会社」

「あらあ……。でもなんとなく、そんな気がしてたのよ」

「そうなの？」

「だてに二十七年も育てたわけじゃないのよ」

「まだ二十六だよ」

「それで？　今はどうやって生活してるの」

「新しい仕事見つかって、ちゃんと働いてる」

「あらあ！　凄いじゃない！　しばらくフリーターするのかと思ったわ」

母さんは大袈裟に驚いてみせた。

「いや……実は数か月前までコンビニでアルバイトしてたんだけどね」

「実はが多いのねえ！　あんたは本当に、大事なことは何にも言わないんだから」

母さんはバシッと俺の背中を叩いた。その衝撃に少しむせた。

「でもどうして辞めたと思ったの？」

「あんた、隠し事があるときにやる癖があるのよ」

「えっなにそれ」

そんなことは初耳だ。

「やっぱり自分じゃ気づいてないのね」

「教えてよ」

「いやよ。あんたが結婚するとき奥さんになる人に教えてあげるって決めてるんだから」

母さんはニヤリと不敵に笑った。

「それは教えなくていいよ」

俺は苦笑いを返した。

「だってそんなのフェアじゃないじゃん」

母さんはフッフッと不気味に笑っていた。

「でも大丈夫だよ。俺は周りの言葉に流されずに俺自身をしっかり見てくれる人を見つけるから」

「あらあ、そんな人いるの？」

「いないけど……」

「なーんだ、つまんない」

そのときバスがブロロロと音を立てて近づいてきた。

「じゃ、またね」と背を向けると、母さんが慌てた声で追いかけてきた。

「ちょっと、それで今はどんな仕事してるの？　なんの会社？」

「それ……話すとながーーーーくなるからまた今度ね」

「ええーなによそれ」

停止したバスの扉がプシューッと開いて、何人かの人が降りてきた。

俺はバスに乗り込み、母さんに手を振った。

「簡単に言うと、ヒーロー製作所」

母さんは、見えなくなるまでバスに向かって手を振っていた。


田舎での三日間の滞在はとても有意義な時間となった。

じいちゃんはあまりおしゃべりではなかったが、俺の話をずっとニコニコと笑って聞いてくれていた。

自宅に戻ってきて、久しぶりにゆっくり寝て、部屋の掃除をした。それを終え、街に買い物に出るとちょうど夕暮れどきだった。

この数か月間に起こったできごとはいったい何だったんだろう。

現実のような夢の中のような不思議な気持ちだ。

ついこの間までセミが鳴いていた木は、葉がすっかり赤茶に色づいている。

年を追うごとに季節の移り変わりが早く感じるようになった。

『このハンカチの持ち主を探しています』

あの張り紙はまだ電柱に残されていたままだった。

落とし主が見つからないのだろう。もしくは、本人が気づいたとしても、よほど大切なものでなければわざわざ取り戻すために連絡などしないのかもしれない。

そういえば、いつの間にかあの夢を見ることもなくなった。

そんなことを思いながら交差点に差し掛かったときだった。

俺は思わず「あっ!」と叫んだ。

少し向こうを歩いているのはあの、金髪男だ。ツンツンに立ち上がった髪の先がピンクに染まってはいるが間違いない。

後ろ姿でも耳と鼻をチェーンでじゃらじゃらと繋いでいるのがわかる。

俺は急いでその金髪男を追いかけた。

「あの……！」

声を掛けると、金髪男はピアスをじゃらじゃら言わせて振り返った。そして俺の顔を見て怪訝そうに眉を寄せた。

「何か……？」

もう一度「あの……」と呟く俺に、彼は不機嫌そうに「なんスか？」と答えた。

「あの……、数か月前……ここの交差点で……」

男は眉間に皺を寄せたまま、少し首を傾げた。

「あの、ランドセルの……小学生……」

その瞬間、男はハッと目を見開き、俺にぐいっと近寄った。

「あの子の、お知り合いですか⁉」

「いや……あの、違います」

男の表情は再び怪訝そうなものに戻った。

「あ、あの……あの子は今どうしているのかと思って……。どのくらいの怪我だったのかわからなくて、ずっと気になってて……」

男は少し考えてから口を開いた。

「あの子は怪我なんてしていませんよ」

「えっ！　でも、あの、ランドセルが……」

男はしばらくじっと俺の目を見た後、静かにあの日あったことを話し出した。


あの日、車の陰には血を流して倒れる人がいた。

男はその人たちを助けようと奔走していた。

止血するためにハンカチが欲しかった。そこで男は叫んだ。

「誰か！　ハンカチとか布とか持っていませんか!?　腕を縛れるくらいの！」

その声にいち早く反応したのは、あのランドセルを背負った少年だった。

「ぼく、ハンカチ持ってる！」

少年は男に駆け寄り、車の傍にランドセルを下ろすと中から戦隊ヒーローのキャラクターが描かれたハンカチを取り出した。

男はそれで倒れている人の腕を縛り止血をした。

その直後に救急隊が到着し、傍に立っていた女性が「危ないからこっちに下がっておこう」と少年の肩を抱いてその場から少し離れた。

俺があのとき目にしたのは、地面に置いたままになっていたランドセルだったということだ。

長い間胸につかえていたものがほろっと取れた気がした。心の底から安堵の溜息が漏れた。


男は電柱を指差して言った。

「あそこに張り紙してあるの、見ましたか？」

俺はハッとした。あの張り紙に写っていたハンカチは今子供に大人気の戦隊ヒーローのものだった。

「あのヒーローハンカチ、そのときの男の子のものなんですよ。あの後、警察とか来て俺も状況を話したりしてたら、いつの間にかあの子、いなくなっちゃって。どこの誰かもわからなくって」

どんどん胸に熱いものが込み上げてきた。

「俺は警察に連絡先を教えていたんですけど、ある日、助けた人からが連絡が来たんです。退院したから改めてお礼がしたいって。それで、一度お会いすることになって、そのときにハンカチのことを話したんです。そうしたらその人、どうしても男の子にお礼を言いたいって。それで新しいハンカチをプレゼントしたいって」

俺はなぜか熱くなる目頭に力を込め、声を絞り出した。

「それで……あの張り紙を」

「古典的な方法ですけど、ここがあの子の通学路なら目に止まるんじゃないかなって。もしどこかで見かけることがあったら、探していることを伝えてください」

男は微かに目元を緩めた。

「わかりました。顔は……なんとなく覚えています」

「お願いします」

そう言うと、男はまるで自分のことのようにきっちり頭を下げた。

「でも……凄いですね。あの状況でとっさに身体が動くって。俺は見ているのが精いっぱいでした」

男は少し照れ臭そうに金髪の根元を大きな黒い腕輪をつけた右手でいじりながら言った。

「たまたまですよ。自分が一番近くにいたから」

腕輪にたくさんついている銀色のトゲが、今にも耳に刺さりそうだった。

ふいに男は真面目な顔になり、続けた。

「ほんと、血が飛び散ってくるくらい近くて。一歩間違えば自分がその立場だったから。死人が出なかったのが奇跡ですよ」

反対側の道路から見ていてもその惨事はわかったのに、間近でそれを見た彼のショックはさぞ大きなものだっただろう。

「不幸中の幸いというか……。怪我をされた方、みんな元気になっているといいですね」

俺の言葉に男は「本当にね」と深く頷いた。

男の目からは声を掛けたときの鋭さは消え去り、彼らを案ずる思いが滲み出ていた。

「それはそうと、どうしてあの小学生がそんなに気になったんすか？　俺を呼び止めてまで」

そう言われて、俺はなんと答えようか一瞬迷った。

「あの……全然大したことじゃないんですけど……。あの日、見てたんです。あの子の姿を、後ろから。横断歩道の白いところだけ踏んで渡ってて」

俺もさっき彼がしたように、頭を掻きながら、なんとなく気恥ずかしい思いで話した。

「俺も昔はよくしてたなーって。懐かしいなあと思って。確かあれって、白いところだけ踏んで渡り終えたらラッキーなんですよね。あの子は最後まで渡り終えたんですよ。ああラッキーだったな、なんて思って。そうしたらその直後に、あんなことになって……。この世には神も仏もないのかなんて思ったりして。彼のことが気になっちゃって」

彼は鼻のあたりにくしゃっと皺を寄せて笑った

「俺も昔、よくやりました」

そして考えるように首を傾げながら、眉間に皺を寄せて話した。

「ラッキー……だったのかなあ。目の前であんな事故を目撃して。でも、怪我をしなかったから、ある意味ラッキーだったのか……」

「もし普通に渡っていたら……」

俺は言いかけて、言葉を飲み込んだ。

彼もまた、一瞬息を呑んだ。

「人生、いつ何が起こるかわかんないっすね」

「本当ですね」

「悔いないように生きねーとな……」

彼は呟くようにそう言うと、「じゃあ」と俺に軽く会釈をし、そのまま立ち去った。

次に病院に行ったらこのことをじいちゃんに話そう。
ヒーローは意外と近くにいる。
この街を歩く人々も、きっとヒーローになる瞬間がある。
あの少年はハンカチを差し出した瞬間、間違いなく誰かのヒーローになったんだ。
俺にとってのじいちゃんと同じように。
あの現場にいた人にとっての、金髪の彼と同じように。
――なーんの面白味もない人生やったなあ。
今ならわかる。あのときのじいちゃんの顔が本当に幸せそうだったこと。
微笑んだじいちゃんの細くなった目が、何より優しかったこと。
――俺だって、いつか……――
そんなことを言ったら、じいちゃんは笑ってくれるかな。
あの日のままの笑顔で。
世界中の誰にも真似できない、強く、優しい笑顔で。
交差点でぼんやり立ち止まっていると、ふいに街頭ヴィジョンから大きな音が流れた。そこには見たことのない小説家が、有名な賞を取ったとインタビューされていた。

ポケットから携帯電話の着信音が鳴り響いた。

電話からは「修司さーん、急なんスけど明日空いてます？」という切羽詰まったミヤビの声が聞こえた。

「俺今休み取ってるんだけど」

「マジでー！　頼みますよー！　手伝ってくれたら、たぶん修司さんが知らないオレの秘密教えるんで！」

「なに、秘密って？」

「それは手伝ってくれてからッスよおー」

「その秘密の内容によって考えるよ」

「実はオレ……」

「うん」

「今年、三十七歳ッス」

「………マジで？」

「修司さん、同い年くらいと思ってたでしょー？」

「うん………え、マジで？」

「で、こっちの案件ッスけど……」

「いやいや！　ちょっと！　なんか、今まですみません……」

ミヤビは電話口でケラケラ笑った。

「歳バラしたらぜってー敬語になると思ってー。修司さんマジメっスからー。オレ敬語で話されるの超苦手なんスよー。だから今のままでお願いしまーす」

「は、……うん。わか……わかり、わかった」

ミヤビは電話口でプッと吹き出すと、それを誡《いまし》めるように軽く咳払いをした。

「んじゃ、こっちの案件ッスけど、田島匡嗣《たじまくにひろ》って小説家なんスけど、わかります？　昨日、大きな賞取ったんスよ。したら急に忙しくなっちゃってー」

俺はヴィジョンに目をやると「ああ」と頷いた。

ヴィジョンに映る男の下には『田島匡嗣』とテロップが出ていた。

「うん。今さっき知ったところだけど」

電話を切るとメールが届いていた。なんとも今日は携帯電話が忙しい。

差出人は東條隼だった。

『新連載が決まったよ。これからの僕がどうなるかなんてわからないけど、まあ見ててくれよ。たとえ誰も東條隼に見向きもしなくなったって僕は一生漫画を描き続けてやるよ。だから、これからも楽しみに待っていてくれ』

俺は短い返信を送った。

『適当で大袈裟で我儘で無責任なファンですけど』

返事はすぐに来た。

『それでいいんだ。君はそのままでいいんだ』

明日もまた新しい何かが始まる。

いつの間にか信号は青に変わり、一斉に動き出す人々と共に、俺も歩き出した。

END

あとがき

どうも、こんにちは。北川恵海《きたがわえみ》です。早いものでデビューから一年が経ちました。前作を読み、『早く次作が読みたい』と心待ちにしてくださっていた方、大変お待たせいたしました。今回はじめて北川の本を手に取ってくださった方、ありがとうございます。

前作からの一年、試行錯誤を繰り返しすぎて、もはや右往左往しておりましたが、なんとか二作目を発表することができました。

なかなかテーマが決まらず、ライトノベルとはなんぞや、という禅問答のようなものを繰り返したりもしましたが、ようやく自分の中の霧が晴れたような気がします。

わたしにとってライトノベルとは『とにかく楽しいもの』です。

エンタメ小説はもちろんどれも楽しいものなのですが、ライトノベルは特に『楽しさ』に特化したものなのではないのかな、と思っています。そう、まさに漫画を文字にしたような。何でもありで、少々非現実的で、でもなんだか楽しい！　そんなものをわたしの中の『ライトノベル』と位置付けし、そんな楽しいものを製作できる仕事が作家であると。そう思うとまあなんと幸せな職業かと。

　余談ですが、わたしが人生最初になりたかった職業は警察官です。というより刑事です。ちなみに幼稚園の頃の話です。理由は単純で父親が刑事だったからです。友達に「わたしのお父さん刑事さんなんだ！」と言うと、たいてい「すげー！」という反応が帰ってきて、それが幼心に嬉しかったことをよく覚えています。生涯読んだ本の九割がミステリという、大のミステリ好きなのも、間違いなく幼稚園の頃から「土曜ワイド劇場」とか「火曜サスペンス」とかを見てきた影響でしょう。

　幼稚園の頃といえば、一つ強烈に覚えている記憶があります。それはお絵かきの時間にあったこと。「将来なりたい仕事を描きましょう！」というお題で、みんながお花屋さんやケーキ屋さんやスポーツ選手を描く中、こともあろうか私は『殺人現場』の絵を描きました。園長先生をはじめ、先生方が私を取り囲み、固まってしまったあの空気を今でもはっきりと覚えています。子供心に「あれ、わたし何かすごく悪いことしたの？」と不安になりました。

「こ、これはどういう絵かな……？」「わかった！　救急車の人になりたいんだね」と口々に声に出す先生たちに私は「これは殺人現場だよ」と無邪気に答えました。更に空気が凍り付きました。けれどわたしはめげずに「犯人を捕まえる刑事さんになりたいんだ」という説明をし、無事、事なきを得ました。先生も私の父の職業を知っていたのかもしれません。そしてその裏にはきちんとお花屋さんの絵も描いたような気がします。そうしたほうが周りの大人がみんな安心してくれましたから。

私はしばらくの間本気で刑事になりたかったんです。何度かそれを父に言ったこともありました。しかし、毎回父は困ったような笑顔で「うーん……」と言葉を濁すだけでした。私はどうしてもっと喜んでくれないんだろう、と不満に思っていました。

大人になってから父の気持ちが痛いほどわかりました。

父は自分の仕事が大好きでとても誇りを持って働いていましたが、娘に勧めるにはあまりに過酷な職業だったのでしょう。父は刑事ドラマなんかを一緒に見ているわたしに「実際の事件は一時間では解決しないんだよ」というようなことをよく言っていました（今思えば当たり前なんですけどね）。それでもある程度大きくなってからもしつこく「刑事になる」という私に、父ははっきり「刑事は勧められない」と言いました。確か、小学校高学年の頃だったような気がします。

小学校に入ったわたしは刑事を夢みながらも、漫画家になりたいだとか（絵が下手だったので諦めましたが）小説家になりたいだとか（書けなかったのですぐ諦めましたが）色々言いつつ、中学からは吹奏楽に目覚め、高校からは留学したりと、フラフラと好きに時間を過ごし、いつの間にか大人になりました。その辺りのなんやかんやはまた、いつか、どこかで、万が一需要があれば、もったいぶって小出しにしていこうと思います。

ということで、とてつもなく私事で恐縮なのですが言わせてください。

わたしの中にたくさんいるヒーローの一人は、間違いなく父親であるということを。おそらく一番最初のヒーローであったということを。今はもう空の住人になってしまいましたが、ずっと見守ってくれることでしょう。

ご両親がご健在の方は後悔しないよう、親孝行してくださいね。なーんて説教じみていてすみません。

長々と語りましたが、これからもどうぞ皆さま、末永くごゆるりとお付き合いくださると嬉しい限りです。

そして最後になりましたが、たくさんのお手紙やコメント、ありがとうございます。お手紙は全てきちんと目を通しております。本当に力になっています。生涯の大切な宝物です。一人一人にお返事を出せないこと、お許しください。

それでは、またお会いできますことを心から願いながら……。

北川　恵海

参考文献

新潮現代国語辞典　第二版（新潮社）
山田俊雄　築島裕　白藤禮幸　奥田勲／編修

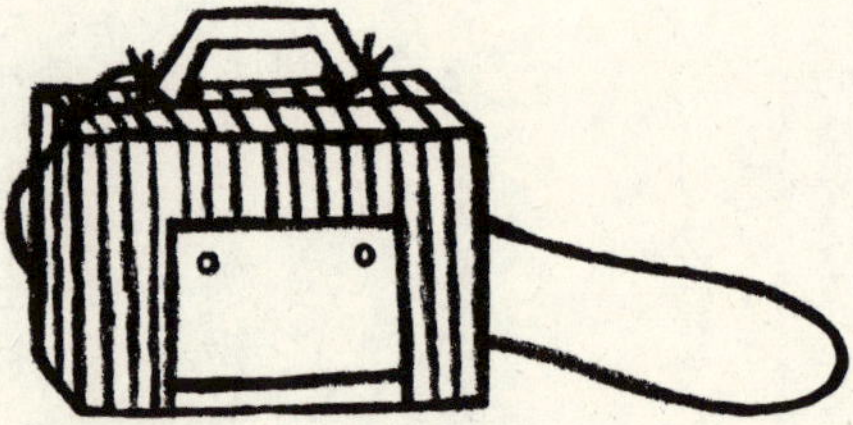

北川恵海　著作リスト

ちょっと今から仕事やめてくる（メディアワークス文庫）
ヒーローズ（株）！！！（同）

本書は書き下ろしです。

メディアワークス文庫

ヒーローズ（株《かぶしきがいしゃ》）！！！

北川恵海《きたがわえみ》

発行　2016年4月23日　初版発行

発行者　塚田正晃
発行所　株式会社KADOKAWA
〒102-8177　東京都千代田区富士見2-13-3
プロデュース　アスキー・メディアワークス
〒102-8584　東京都千代田区富士見1-8-19
電話03-5216-8399（編集）
電話03-3238-1854（営業）
装丁者　渡辺宏一（有限会社ニイナナニイゴオ）
印刷・製本　旭印刷株式会社

Printed in Japan
ISBN978-4-04-865950-5 C0193

メディアワークス文庫　http://mwbunko.com/
株式会社KADOKAWA　http://www.kadokawa.co.jp/

本書に対するご意見、ご感想をお寄せください。

あて先
〒102-8584　東京都千代田区富士見1-8-19　アスキー・メディアワークス
メディアワークス文庫編集部
「北川恵海先生」係

第22回電撃小説大賞受賞作

Chocolate Confusion

チョコレート・コンフュージョン

星奏なつめ

イラスト／カスヤナガト

がんばり過ぎて疲れた時に。
笑えて泣けるラブコメ小説！

メディアワークス文庫賞受賞作

仕事に疲れたOL千紗が、お礼のつもりで渡した義理チョコ。それは大いなる誤解を呼び、気付けば社内で「殺し屋」と噂される強面・龍生の恋人になっていた!? 凶悪面の純情リーマン×頑張りすぎなOLの、涙と笑いの最強ラブコメ！

メディアワークス文庫より発売中

発行●株式会社KADOKAWA　アスキー・メディアワークス